Sari Luhtanen schreibt seit Jahren erfolgreiche Chick-Lit-Romane und Texte für beliebte Fernsehserien wie ›Frasier‹. Sie verfasst außerdem Comics für Zeitungen und Magazine. Insgesamt hat sie bereits über 20 eigene Bücher veröffentlicht. Mit ihrem Mann, zwei Töchtern und zwei Hunden lebt sie in einer ländlichen Gegend von Finnland.

Miikko Oikkonen studierte Filmregie an der Hochschule für Kunst und Design in Helsinki. Er arbeitete zunächst in einer Werbeagentur, bevor er Mitbegründer der Filmproduktion Fisher King wurde. Miikko Oikkonen ist der Regisseur und Drehbuchautor der TV-Serie ›nymphs‹, die bislang in über 50 Länder verkauft wurde. Er lebt in Helsinki.

Weitere Informationen zum Kinder- und Jugendbuchprogramm der S. Fischer Verlage, auch zu E-Book-Ausgaben, gibt es bei www.blubberfisch.de und www.fischerverlage.de

Sari Luhtanen
Miikko Oikkonen

nymphs

Verhängnisvolle Verheißung

Band 2.1

Aus dem Finnischen von Alexandra Stang

FISCHER Taschenbuch

MIX
Papier aus verantwortungsvollen Quellen
FSC® C083411

Erschienen bei FISCHER Kinder- und Jugendtaschenbuch,
Frankfurt am Main, August 2015

Die finnische Originalausgabe erschien 2014 unter dem Titel
›Nymfit. Astarten Solmu‹
und wurde für die deutsche Ausgabe in zwei Bände geteilt.

Published by agreement with Gummerus Publishers,
Helsinki, Finland, through
Stilton Literary Agency, Finland

Lektorat: Julia Hanauer
Satz: Dörlemann Satz, Lemförde
Druck und Bindung: CPI books GmbH, Leck
Printed in Germany
ISBN 978-3-7335-0063-4

Prolog

Wieder derselbe Traum, dachte Didi und wollte fliehen, doch im Traum dem eigenen Willen zu folgen war unmöglich. Sie spürte einen Windhauch am Körper und wusste, dass sie nackt war. Sie wollte die Hand bewegen, um sich zu bedecken, aber die Hand gehorchte ihr nicht. Didis Haut schimmerte, als wäre Vollmond … sie war ganz hell und kühl. Was war mit ihr passiert?

Ich bin versteinert! Didi erschrak, staunte aber gleichzeitig darüber, wie sie immer noch das Gefühl haben konnte zu atmen, wie die Haut ihres Körpers den Wind spüren konnte, der ihren Po, ihre Brüste und ihre Ohren umspielte.

Erst hatte sie eine nackte Statue vor sich gesehen, jetzt war sie selbst diese Statue.

Sie versuchte, die Augen zu schließen. Vielleicht

verschwand das Gefühl, wenn Didi sie wieder öffnete. Dann könnte sie in Ruhe schlafen. Ihre Lider gehorchten dem Befehl allerdings nicht.

Sie stand im großen, geräumigen Saal einer weißen Villa, wie immer in diesem Traum. Ihr Gesicht war einer großen Flügeltür zugewandt, und sie konnte nichts anderes tun, als völlig schutzlos und verängstigt dazustehen, denn sie wusste, was als Nächstes passieren würde. Oder vielleicht war es dieses Mal anders, vielleicht war das jetzt ein anderer Traum …

Die Tür zum Saal öffnete sich geräuschlos. Didi wollte schreien, ihre Oberschenkel zusammenpressen und die Arme um sich schlingen, doch es war vergeblich.

An der Tür stand derselbe dunkelhaarige Mann mit dem weißen, gestärkten Hemd. Langsam und ruhig ging er auf Didi zu, in der einen Hand eine Weinflasche und in der anderen zwei Weingläser.

Ein Satyr. Didi hatte bereits ihre Erfahrungen gemacht, sie wusste jetzt, was der Mann war. Er ließ seinen unverschämten Blick über ihre Haut gleiten, aber Didi war im Alabaster gefangen und musste abwarten, was der Satyr als Nächstes vorhatte. Der Mann schien keine Eile zu haben. Er stellte die Weingläser und die Flasche auf den Steinboden und richtete sich wieder auf, um Didi anzusehen. Als er ein paar Schritte näher kam, spürte Didi die Hitze, die von seinem Körper ausging. Es war, als würde sie ein Stromschlag durchdringen.

Wie kann ich reglos bleiben, wenn es in mir brennt?, dachte Didi.

Dann wurde das Gefühl noch stärker, und sie wäre am liebsten zu Boden gesunken. Der Satyr legte ihr die Fingerspitzen an die Taille, während die dunklen Augen ihre Lippen, ihren Hals und ihre Augen betrachteten. Der Blick war schamlos und spielerisch, aber ihm fehlte jegliche Wärme. Jetzt presste das Wesen ihr die Handfläche auf den Bauch, und Didi zersprang fast, als die Hand allmählich besitzergreifend zu den in Stein gefangenen Brüsten wanderte. Ihr Brustkorb brannte, ihr Atem stockte, und gerade als sie meinte, es nicht mehr ertragen zu können, glitten die Finger des Satyrs zu ihrem Nacken und zeichneten die Form der Wirbel nach.

Die Augen des Satyrs loderten bereits rot. Mit der einen Hand öffnete er lässig und ohne Eile die Knöpfe des tadellos gebügelten Hemdes, mit der anderen streichelte er über Didis schimmernde Haut. Das Hemd fiel raschelnd auf den Marmorboden. Die muskulöse Brust des Satyrs hob und senkte sich, und er öffnete die Gürtelschnalle. Mit der anderen Hand setzte er das langsame, unnachgiebige Streicheln fort. Aus seiner

Stirn traten die Hörner hervor. Didi wollte aus dem Stein ausbrechen, doch wie hätte sie das tun sollen? Sie wusste nur, dass ihr Herz dermaßen schlug, dass es sie bald zerreißen würde.

Plötzlich war die heiße Berührung weg. Was war geschehen? Der Satyr sah sie distanziert an, hob eines der Gläser vom Boden und nahm einen großen Schluck daraus. Didi wusste nicht, ob sie erleichtert oder enttäuscht sein sollte. Doch dann bückte sich der Satyr und tat etwas Unerwartetes. Didi spürte seine Lippen auf ihrem Bauch, dann eine brennende Zunge, die von ihrem Nabel zu ihrer Tätowierung, dem Knotenmuster, wanderte und deren Umriss wie im Tanz folgte. Dann hob der Satyr den Kopf und küsste Didi erst zwischen die Brüste und dann abwechselnd auf die zarten Brustwarzen. Didi wollte schreien, aber ihre Stimme war erstickt. Und sie hätte auch gar nicht mehr aufschreien können, denn die Lippen des Satyrs drückten sich bereits auf ihre. Kein menschlicher Kuss fühlte sich so an. Ein menschlicher Kuss war für Didi nicht wie Wein, der ihr köstlich und brennend den Rachen hinunterlief, tief in sie hinein.

Ich muss fliehen, dachte Didi, auch wenn sie in diesem Augenblick den Mann lieber an seinen dunklen Locken gepackt und ihn an sich gezogen hätte.

Jede Geste des Satyrs war bedächtig. Woher nahm

er seine Selbstbeherrschung? Didi verstand es nicht, denn sie spürte, wie bereit der Satyr war.

Worauf wartete er? Wer war er, und warum war er stets bei Vollmond in Didis Traum? Sie wusste mittlerweile, wie das Leben der Nymphen den Mondbewegungen folgte, und bereits jetzt graute ihr vor der Zeit, wenn der Anblick des Vollmondes sie dazu brachte, sich ganz anders zu benehmen, als sie wollte, und sie noch dazu an ihrer Beziehung zu Samuel zweifeln ließ. Und das Schlimmste: Sie musste zugeben, dass die Berührung des Satyrs und das Vergnügen, das ihr seine Lippen boten, sie fast zum Explodieren brachten. Genau in diesem Augenblick wachte sie auf – wie immer, wenn sie diesen Traum träumte. In dieser Hinsicht war der Traum nicht anders als der vorherige. Sie wachte auf, ohne Befriedigung erlangt zu haben, verschwitzt und durcheinander von den Hormonen. Auch der Mond am Himmel schien sie zu verspotten.

Didi legte sich auf den Rücken. Sie wusste, dass sie den Rest der Nacht nicht mehr schlafen würde. Es zu versuchen war vergebens, denn in ihr brodelte es. Und jetzt hörte sie nur Samuels friedliches, regelmäßiges Atmen. Für einen kurzen Moment hasste sie ihn, weil er nichts von dem Schmerz wusste, der in ihrem Inneren wütete. Trotz der Lebensgefahr hatte Didi gegen die Lust ankämpfen müssen, Samuel zu drängen, dort weiterzumachen, wo der Satyr aufgehört hatte. Ohne jegliche Vorwarnung.

Aber sie liebte Samuel. Schon im nächsten Moment spürte sie dieses Gefühl so sehr, dass es beinahe wehtat.

Samuel durfte sich jetzt ausruhen. Morgen würde der Vollmond am Himmel stehen, und darauf lohnte es sich zu warten. Bis dahin musste sich Didi mit sich selbst begnügen.

1

Die **Stimme der Frau** drang stark und fordernd aus dem Lautsprecher. Gitarre und Bass stimmten ein und verstärkten die Wucht. Die Frau sang unbefangen darüber, wie wenig sie schlechte Liebhaber und dumme Leute kümmerten. Didi war gerade mit ihrem Daiquiri zum Tisch gekommen, zog Samuel aber gleich an der Hand hinter sich her zur Tanzfläche.

»Das ist das beste Lied überhaupt!«, rief sie gegen den Lärm und ließ sich von der Rockmusik mitreißen.

Samuel wehrte sich nicht, obwohl er sich gerade hingesetzt hatte. Didis Eifer hing sicher auch mit dem Mond zusammen, aber das störte ihn nicht. Das war ihr Leben. Außerdem zeigte ihm ein kurzer Blick auf die anderen Gäste, dass jeder Mann im Raum gerne an seiner Stelle getanzt hätte.

Didi war in ihrem weißen, schwingenden Spitzenkleid eine wunderbare Erscheinung. Sie tanzte mit Hingabe und hatte nur Augen für ihn. Das genügte. Es war wie ein Versprechen für die Nacht, die sie noch vor sich hatten. Samuel zog Didi an sich und küsste sie. Dann riss die Musik sie wieder auseinander.

Nach ein paar Liedern war Didi bereits außer Atem, und sie gingen zum Tisch zurück.

Didi nahm den neongelben Strohhalm aus ihrem Glas und trank den Daiquiri, als wäre sie am Verdursten.

»Pass auf, sonst muss ich dich nach Hause tragen.« Samuel musste sich herunterbeugen und Didi direkt ins Ohr sprechen, damit sie ihn hören konnte.

»Pass du auf dich auf«, antwortete Didi und legte die Hand fest auf Samuels Oberschenkel, während sie noch einen Schluck nahm. Samuel sah sich um. Hatte jemand seine Erregung bemerkt? Er versuchte, sich nichts anmerken zu lassen. Alle konnte er aber nicht täuschen.

»Wer trinkt noch einen zweiten? Oder seid ihr schon beim vierten – so wie ihr lächelt?«, fragte Sofia und setzte sich neben Didi, ohne den Blick von Samuel zu wenden. »Dir hätte ich wohl eher eine Serviette zum Abdecken deiner Männlichkeit bringen sollen.«

Didi hatte bereits einen neuen Drink vor sich und lachte. Genau das hatte sie vermisst nach dem Albtraum der letzten Nacht. Sie wollte tanzen, trinken, Spaß haben und dann viele Stunden lang mit Samuel im Bett verbringen.

»Habt ihr Pläne, du, Laetitia und Alexandra?«, fragte Didi Sofia.

Die blonde Nymphe strich sich die lockigen Haare hinters Ohr und neigte den Kopf leicht zur Seite, um Didis Blick zu lenken. Deren Aufmerksamkeit richtete sich sofort auf einen fröhlich wirkenden Jungen, der Sofia nicht aus den Augen ließ.

»Gut«, meinte Didi. »Mich stört es nicht im Geringsten, wenn ihr euch alleine amüsiert, meinetwegen sogar die ganze Nacht lang.«

»Ach, ich dachte, du wärst unsere Aufpasserin«, erwiderte Sofia.

»Ich erinnere mich dunkel daran, wie Kati erklärt hat, dass du die Verantwortung trägst …«

»Trink deinen Daiquiri«, sagte Didi betont streng. »Genau so. Braves Mädchen.«

Die Nymphen lachten. Noch hatten sie Zeit, den Abend zu genießen.

Plötzlich wurde die Musik leiser, und das Licht wurde gedimmt. Die Partygäste wandten sich zur Bühne hin, und dann gingen die Scheinwerfer an. Auf der Bühne standen vier junge Männer bereit. Einer von ihnen war fast schwarzhaarig, er hatte ausdrucksvolle Augenbrauen, braune Augen, und er lächelte. Die Nymphen vergaßen alles andere für einen Moment, als er mit der Gitarre in der Hand zum Mikrofon ging.

»Spielt Daniel in einer Band?«, fragte Didi Sofia verwundert.

»Kennt ihr den?«, erkundigte sich Samuel und schien nicht sehr glücklich darüber, dass ein Fremder so viel Aufmerksamkeit von seinen Nymphen bekam.

»Daniel ist in meinem Ästhetik-Seminar an der Uni«, antwortete Didi.

Alle am Tisch verstummten, als Daniel und die Band zu spielen begannen. Nach ein paar Takten schloss Daniel die Augen und begann, ein sanftes ungarisches Pop-Lied zu singen. Die Menge applaudierte.

Didi bemerkte, dass sie Daniel leicht verwirrt anstarrte. An der Uni wirkte er fröhlich, aber nicht sehr gefühlsbetont. Jetzt spielte er ein emotionales Lied nach dem anderen. Didi verstand nicht alles, aber doch genug, um die Lieder zu genießen und beim vierten Lied in den Refrain einzustimmen. Und als Daniel danach die Augen öffnete, traf sein Blick zuerst Didi. Er lächelte, verbeugte sich und verließ mit der Band die Bühne.

Didi wandte sich zu Samuel um, der sie etwas distanziert ansah. Didi legte ihm den Arm um den Hals und streckte sich so zu ihm hoch, dass nur noch eine Feder zwischen ihre Lippen gepasst hätte. Es war wie ein Versprechen für das, was noch kommen sollte. Sie hatten gelernt, an dieser Grenze zu spielen, die früher wie eine Wand zwischen ihnen gestanden hatte.

»Ich hole uns noch was zu trinken«, sagte sie schelmisch. »Danach gehen wir nach Hause. Ich hab den anderen erlaubt, über Nacht wegzubleiben, wir sind also ganz alleine. Ich stell das gleich noch mal sicher.«

Samuel lächelte, und Didi schwankte vom Tisch zur Bar, wo Sofia bereits mit Alexandra und Laetitia stand.

»Samuel und ich gehen demnächst nach Hause«, sagte Didi zu den drei Nymphen und senkte leicht die Stimme. Die Worte waren wirklich nicht für alle am Tresen gedacht. »Passt auf euch auf und ruft an, wenn es Probleme gibt.«

»Konzentrier du dich auf Samuel«, meinte Alex und spähte zu einem Mann mit kurzen Haaren, der anscheinend auf sie wartete. »Wir anderen müssen auch los.«

»Wenn ihr später noch weiterfeiern wollt, wir sind sicher gegen Morgen im Koko«, fügte Laetitia hinzu.

»Danke, aber wir haben andere Pläne«, erwiderte Didi. »Nun geht schon.«

Auch wenn der Mond sie noch so unbekümmert sein ließ, mussten sie dennoch seinen Willen beachten, und es gab allmählich keine Zeit mehr zu verschwenden. Die Nymphen winkten Didi, die noch etwas bestellte, zum Abschied zu.

Sie sah zu Samuel, der anscheinend einen Bekannten getroffen hatte und vergnügt mit ihm plauderte. Sicher jemand aus dem Krankenhaus, dachte Didi und wartete auf ihren Daiquiri und Samuels Wodka-Tonic. Um sie herum waren überall Leute, aber plötzlich hatte Didi das Gefühl, dass jemand sie beobachtete. Sie hatte sich inzwischen daran gewöhnt, dass Männer sie lange anstarrten, und war schon bereit, eine Absage zu erteilen oder denjenigen bei Bedarf auch schärfer abblitzen zu lassen.

»Haben dir die Lieder gefallen?«, fragte Daniel, die Augenbrauen leicht nach oben gezogen.

»O ja!«, erwiderte Didi und lächelte. »Du hast mich total überrascht. Du warst so … Überhaupt kein …«

»Langweiliger Milchbubi? Die Vorlesung schwänzender Faulpelz?«

Didi prustete vor Lachen. Daniel hatte sie amüsiert angesehen und seine Art, die Dinge beim Namen zu nennen, war so angenehm, dass es einfach war, in diesen kleinen Flirt einzustimmen. Doch jetzt musste Didi zu Samuel zurück. Sie bezahlte die Getränke, nahm die Gläser von der Theke und nickte in Samuels Richtung zum Zeichen, dass sie gehen wollte. Daniel allerdings machte den Weg nicht frei, und Didi warf ihm einen verwunderten Blick zu.

»Ich will nicht wie ein Stalker wirken, aber das hier ist für dich«, sagte Daniel und schmuggelte einen kleinen Zettel in Didis Handtasche.

»Danke«, sagte Didi und zwängte sich an Daniel vorbei. »Wir sehen uns an der Uni.«

Sie spürte Daniels Blick noch im Rücken, als sie bereits die Gläser auf den Tisch stellte, konzentrierte sich aber voll darauf, Samuel anzulächeln.

Schnell austrinken, dachte sie bereits ungeduldig.

Die Lust in Samuels Augen entsprach ihrer eigenen.

»Hey«, sagte Didi und wandte sich plötzlich an den Nachbartisch.

»Wollt ihr was zu trinken? Wir müssen los.«

Geschickt setzte Didi die Gläser den Nachbarn vor und nahm Samuel an der Hand. Das wäre nicht nötig gewesen. Samuel war bereits aufgestanden.

2

Als Didi den Schlüssel ins Schloss steckte, spürte sie Samuels Lippen und seinen Atem im Nacken. Es war ihnen bereits im Taxi schwergefallen, sich zu beherrschen – der Fahrer war beim Blick in den Rückspiegel bereits zweimal auf die falsche Spur geraten –, und jetzt waren sie bereit, sich gegenseitig die Kleider vom Leib zu reißen, sobald die Tür hinter ihnen zufallen würde.

»Bekommst du sie auf?«, fragte Samuel und strich mit den Fingerspitzen die Haare von Didis Nacken, um seine Lippen genau an der Stelle zu platzieren, von der er wusste, dass sie besonders sensibel und empfindsam war. »Sonst bekommen die Nachbarn bald was zu sehen.«

Endlich knackte das Schloss. Sie wandten sich einander zu und lagen sich im Nu in den Armen. Die Klamotten flogen leicht wie Nachtvögel durch den dunklen Flur, als sie langsam die Treppe nach oben gingen und sich wieder ein wenig Zeit gaben. Am oberen Ende der Treppe kamen sich ihre Lippen spielerisch näher, zögerlich. Inzwischen waren sie beide fast nackt.

»Lass uns die Samen holen«, sagte Samuel mit rauer Stimme.

Hand in Hand gingen sie ins Schlafzimmer. Didi ging zu der alten Kommode aus Kirschholz, öffnete eine kleine Schublade und ließ den Blick kurz im Spiegel und damit auf dem sich darin widerspiegelnden Samuel verweilen. Sie nahm eine Dose aus der Schublade und trug sie zum Bett, wo Samuel sie bereits erwartete und sie küsste. Didi kniete sich hin und öffnete die Dose, ohne den Blick von Samuel abzuwenden. Sie sah seine unbändige Lust und schloss kurz die Augen, da sie die Vorfreude noch ein wenig genießen wollte. Als sie Samuel wieder ansah, bemerkte sie das Entsetzen in seinem Gesicht. Didi hob die Dose an. Auf ihrem Boden lagen ein paar gräuliche Samenreste, die fast nur noch Staub waren.

»Was ist denn mit denen passiert?« Didi atmete schwer. Blitzschnell raste sie zurück zur Kommode, öffnete eine Schublade nach der anderen, warf T-Shirts und Unterwäsche heraus und untersuchte Schmuckdosen. Bald stand Samuel neben ihr.

»Gibt es irgendwo noch mehr Samen? Vielleicht hast du sie woanders aufgehoben?«, fragte Samuel und versuchte, vernünftig zu klingen.

»Nein, ich lege sie immer hier rein …«

Didis Stimme wurde schwach. Die Realität machte sich auf unangenehme Weise in ihrem Gehirn breit, aber noch floh sie davor und versuchte verzweifelt, sich an das letzte Mal zu erinnern, als sie Sex gehabt hatten, und daran, wo sie die Samen hingelegt haben könnte, die für sie so lebenswichtig waren. Aber sie kannte die Antwort: Es gab keine Samen mehr! Der durch die Vorhänge hereindrängende Mond ließ bereits ihre Glieder schmerzen. Mit Samuel als Partner wäre es noch nicht so eilig gewesen, aber plötzlich hatte sich die Situation völlig verändert. Sie warf Samuel einen schmerzvollen Blick zu.

»Es sind keine mehr da.«

»Meinst du das ernst?«, fragte Samuel angespannt. »Wieso hast du denn nicht bemerkt, dass das der Rest ist? Oder dass sie nicht in Ordnung sind?«

»Warum hast du das nicht selbst bemerkt?«, fauchte Didi. »Oder meinst du, ich habe das mit Absicht getan?«

»Vielleicht hast du sie falsch gelagert …«

Didis Gesicht verzerrte sich. Sie sah wieder in den Spiegel und bemerkte, wie ihre Augen für einen Moment milchig-weiß aufleuchteten. Dabei zerrte ein reißender Schmerz in ihr.

»Didi!« Im Nu stand Samuel neben ihr, führte sie zum Bett und setzte sich neben sie. Die zermürbende Stille hielt sicher eine Minute lang an, bevor Samuel seine Frage laut aussprechen konnte.

»Was machen wir jetzt?«

Didi bewegte sich nicht. Sie war wie gelähmt und versuchte, ihre Gedanken in Gang zu bringen. Es musste doch eine Lösung geben, ein Mittel, um zu verhindern …

Aber es gab nur ein Mittel. Auch Samuel musste sich darüber im Klaren sein. Didi nahm seine Hand in ihre und spürte, wie er zitterte. Samuel wickelte die Bettdecke um sie beide herum, als wolle er sagen, dass sie nur hier sein konnten, im Warmen und in Sicherheit. Und dennoch wussten sie, dass es unmöglich war. In Didis Innerem brannte es bereits unangenehm. Das Lustgefühl war plötzlich zu Schmerz geworden.

»Ich muss gehen«, flüsterte Didi.

Vielleicht hatte sie sich Mitgefühl von ihrem Freund erwartet, doch er ging auf Distanz und erhob sich. Samuel stand nackt im Mondlicht und sah aus, als wäre er außer Atem. Auch in ihrer Angst bewunderte Didi seine Schönheit und Ebenmäßigkeit. Seine Attraktivität …

»Das musst du nicht«, sagte er. »Wir sind ganz vorsichtig. So wie andere Paare, die kein Kondom verwenden. Wir überleben diese Nacht.«

Fast hätte Didi gelacht. Wenn das nur möglich gewesen wäre! Allerdings wurde die Zeit knapp, und sie musste etwas unternehmen. Sie stand auf und lief zum Schrank. Ihre Kleider schienen einer Fremden zu gehören. Hinter sich hörte sie, wie Samuel seine Hose vom Boden nahm und sie anzog. Sie selbst riss ein altes, rosafarbenes Chiffonkleid vom Bügel. Was kam als Nächstes? Sie versuchte zu überlegen. Was musste man anziehen, um jemanden zu verführen? Sie war mit Samuel so glücklich gewesen, dass sie an so etwas gar nicht mehr hatte denken müssen. Schnell zog sie puderfarbene Unterwäsche an und suchte nach den hellgrauen, hochhackigen Sandaletten im Schrank. Ihre Hände zitterten, als sie die Schnallen schloss. Sie versuchte, möglichst sicher zu wirken, als sie zur Kommode ging, ihren Lippenstift suchte und die langen, roten Haare so kämmte, dass sie das Gesicht einrahmten.

Dann traf ihr Blick im Spiegel noch einmal auf Samuels Gesicht. Er sah sie nicht mehr glücklich, lachend und erwartungsvoll an, sondern verärgert und fast mit Abscheu. Didi drehte sich schnell um.

»Ich will nicht gehen«, sagte sie.

»Danach sieht es aber nicht aus«, erwiderte Samuel. »Jetzt hast du doch die Chance, was Neues auszuprobieren.«

»Was Neues!« Didi explodierte fast. Sie verspürte Lust, Samuel eine Ohrfeige zu verpassen, aber gleichzeitig verschwand ihre Wut. Sie sah, dass Samuels Schmerz so groß war wie ihr eigener. Sie wiederholte: »Ich will nicht gehen.«

Beide schwiegen und sahen zu Boden.

»Du musst«, sagte Samuel dann und akzeptierte damit die Realität. »Sonst tötest du mich oder dich selbst.«

»Ich will leben«, erwiderte Didi sachlich. »Deinetwegen. Unseretwegen.«

Sie setzte sich wieder aufs Bett. Inzwischen spürte sie bereits, wie ihre Haut trocken wurde. Sie musste sich beeilen, wollte aber noch nicht gehen. Mit dem Handrücken wischte sie sich den Lippenstift ab und öffnete die Schnallen der Sandaletten. Neben dem Bett standen ihre bequemen Ballerinas.

Sehr viel besser, dachte sie und stand dann auf.

»Ich kann mitkommen«, sagte Samuel. »Ich kann auf dich aufpassen.«

»Nein. Das würde ich nicht ertragen. Warte hier auf mich.«

»Wo gehst du hin?«

»Es ist besser, wenn du das nicht weißt«, antwortete Didi, denn wie sie Samuel kannte, wäre er ihr sicher gefolgt.

»Ich gehöre zur Familie der Eichen, es ist meine Aufgabe, dich zu beschützen«, forderte Samuel.

»Du beschützt mich die ganze Zeit«, meinte Didi und strich vorsichtig mit den Fingerspitzen über Samuels Wange. »Der Gedanke an dich beschützt mich. Ich komme zurück.«

Didi wandte sich um und ging, ohne sich noch einmal umzusehen. Sie hörte noch, wie Samuel tief einatmete, konnte aber nicht mehr zurück. Sie rannte auf die Straße und sah zum Glück sofort ein freies Taxi.

»Zum Tramp«, teilte sie dem Fahrer auf Ungarisch mit; das war ein Studentenclub, den sie kannte. Dann sank sie auf dem Rücksitz in sich zusammen.

Sie fischte ihr Handy aus der Handtasche.

Gleich im Tramp, schrieb sie den anderen Nymphen. Samuel hatte sie in keinem Fall dabeihaben wollen, aber nun drehten sich beängstigende Erinnerungen in ihrem Kopf, und sie wollte lieber in Gesellschaft sein. Das erste Mal, als sie mit einem Jungen zusammen gewesen war … Johannes' toter Blick verfolgte sie immer noch. Jetzt war die Situation noch schlimmer, denn sie liebte Samuel, musste aber einen anderen Mann finden, der ihr nichts bedeutete. Das Taxi fuhr die Elisabethbrücke entlang, die wunderschön beleuchtet war, und Didi dachte daran, wie sie die Budapester Brücken stets geliebt hatte, wie sie und Samuel sie bewundert hatten. Jetzt führte die Brücke sie weg von Samuel und hin zu etwas, das sie fürchtete.

Einige Minuten später hielt das Taxi vor dem Tramp, das in einem heruntergekommenen Gebäude untergebracht war. Die Musik war bis nach draußen zu hören. Die jungen Leute in der Schlange unterhielten sich, hatten Spaß, manche tanzten sogar. Didi sah auf ihr Handy. Niemand hatte geantwortet. Sie war alleine. Und sie hatte absolut keine Zeit, anzustehen. Sie bezahlte, schüttelte ihre Haare ein wenig, stieg betont selbstbewusst aus dem Taxi und ging ohne Skrupel zum schrankartigen, mürrischen Türsteher. Dieser schien geradezu entzückt von dem Gedanken, dass irgendein dummes Mädchen einfach so reinkommen wollte, und war schon bereit, sie vor allen zu demütigen. Sein Abend war lang und öde gewesen.

»Hallo«, sagte Didi und sah auf das Namensschild auf seiner Brust. »Ferenc. Ich habe das Gefühl, dass man mich drinnen schon erwartet.«

»Wohl kaum …«

Der Türsteher hatte seinen Satz kaum begonnen,

als Didi ihm die Hand auf die muskulöse Schulter legte. Sie musste nur an ein kuscheliges Hundebaby und frisch gebackenes Brot denken. Ferenc sah die Hand an und lächelte dann breit.

»Willkommen«, sagte er und öffnete ihr die Tür.

3

Didi betrachtete den Daiquiri, der vor ihr stand. Am Anfang des Abends war dies genau der Drink gewesen, der ihren Zustand ausgedrückt hatte: bitter, süß und berauschend. Jetzt hatte sie überhaupt keine Lust darauf, tat aber so, als würde sie am Strohhalm ziehen und sah lächelnd den am Tresen lehnenden Jungen an.

»Du hättest mich nicht einladen müssen«, sagte sie.

»Aber ja doch«, antwortete Tamaj. »Ich hab dich nie irgendwo anders als in den Vorlesungen gesehen. Ich dachte, du bist 'ne Spaßbremse.«

Didi konnte den brennenden Schmerz kaum noch aushalten. Es tat weh und pochte, und sie wusste, dass sie schnell handeln musste. Insofern war Tamaj wie ein Geschenk des Himmels neben ihr aufgetaucht. Hätte sie einen Jungen von der Uni wählen müssen, wäre es dieser Widerling Tamaj gewesen, der bei jeder Gelegenheit Doppeldeutigkeiten von sich gab, Frauen gegenüber anzüglich war und oft zudringlich wurde. Didi hatte sich immer von ihm ferngehalten. Nicht aber heute Abend.

»Vielleicht musst du mir ein wenig helfen«, sagte Didi, obwohl ihr dabei übel wurde. Anscheinend wirkte der Flirt auf Tamaj nicht unecht, denn er kam immer näher, und Didi spürte bereits, wie sich sein feuchter Körper an sie drückte. Sie kämpfte gegen den Drang, weiter zurückzuweichen.

»Kein Problem.« Das zuckersüße Lächeln des Mannes wirkte selbstgefällig. Anscheinend hielt er sich für unwiderstehlich. »Sollen wir tanzen?«

Didi hatte Lust zu sagen, dass sie besser gleich durch die Hintertür nach draußen zum Sex gehen sollten, damit die Sache erledigt wäre, aber sie musste noch ein wenig durchhalten. Sie nickte und ließ sich von Tamaj auf die Tanzfläche führen. Ihr wurde ein wenig schwindlig. Alle anderen standen irgendwie im Nebel, und die Musik dröhnte dermaßen laut, dass ihr schlecht wurde.

Sie hatte das Gefühl, gleich umzukippen. Woher kam dieses Gefühl? Normalerweise wirkte der Mond nicht so auf sie. Sie strengte sich an, um Tamaj besser sehen zu können.

Dann sah Didi seine erwartungsvolle und neugierige Miene, und plötzlich war ihr alles klar. Der Idiot hatte ihr K.-o.-Tropfen eingeflößt! Sie versuchte zu sprechen, jemandem zu sagen, dass sie Hilfe brauchte, aber Tamaj zog sie eng an sich und wirbelte sie auf der Tanzfläche umher. Das Gefühl war ähnlich wie in ihrem Traum; sie wollte schreien, etwas tun, aber war doch wie eine willenlose Gefangene.

Arschloch, dachte sie. Du hättest mich auch ohne Drogen bekommen. Allerdings wärst du dann gestorben, während es jetzt ganz danach aussieht, als würde ich mich von dieser Welt verabschieden. Aber ich habe Samuel versprochen, dass ich zurückkomme … Samuel. Didi atmete bereits laut. Sie hatte es Samuel versprochen und musste deshalb überleben, weiter durchhalten. Sie wusste nur nicht, wie. Und plötzlich erschlaffte Tamajs Griff. Dunkel konnte sie aus dem Augenwinkel heraus sehen, wie Tamaj zur Seite flog, und dann schaute sie in seltsam bekannte, hellblaue Augen.

»Destinie?«, fragte eine Stimme, die Didi aus dem Ästhetik-Seminar kannte. »Was ist los mit dir?«

Didi konzentrierte sich. Das war der Name, den sie jetzt benutzte. Vor ihr stand Professor Keresztez und sah äußerst besorgt aus. Der junge Professor, in dessen Vorlesungen die Studentinnen sich um die besten Plätze in den vorderen Reihen rissen. Didi war nicht in der Lage zu antworten, sie konnte sich nur an den Mann anlehnen, der sie leicht mit dem Arm stützte und sie von der Tanzfläche und dem Dröhnen der Musik wegführte.

»Soll ich dich ins Krankenhaus bringen?«, fragte der Professor, als er Didi an ihren Platz gebracht hatte. »Du siehst gar nicht gut aus.«

»Nein«, brachte Didi stöhnend hervor. Eine solche Behandlung brauchte Didi wirklich nicht, eine ganz andere dafür aber umso mehr. Sie versuchte vergebens zu sehen, wo Tamaj geblieben war. Sicher hatte der Feigling sich bereits verzogen. Didi war ratlos. In ihrem Inneren brannte es, und das Blut in ihren Adern floss wie ein tödlicher Strom, die Haut war wie dünnes Papier.

»Ich will nicht zu weit gehen, aber ich wohne gegenüber«, meinte der Professor. »Meinst du, du schaffst es dahin? Du könntest dich ein wenig ausruhen.«

Didi nickte. Sie wusste nur, dass sie von diesem Lärm und Licht wegmusste. Vielleicht könnte sie dort nachdenken, wie sie bis zum nächsten Tag überleben konnte. Dann aber verlor sie wohl völlig das Bewusstsein, denn als sie das nächste Mal die Augen öffnete, lag sie auf einem alten, mit waldgrünem Samt überzogenem Diwan und Professor Keresztez saß einige Meter entfernt lesend in einem Sessel. Als er bemerkte, dass Didi bei Bewusstsein war, kam er sofort zu ihr.

»Geht es dir besser?«, fragte der Professor besorgt.

»Ich glaube schon«, antwortete Didi, auch wenn sie nicht sicher war. Der Professor half ihr, ein Wasserglas an die Lippen zu führen, und sie trank gierig. Ihr lief ein wenig Wasser über das Kinn, das er mit einem Tuch aus seiner Hemdtasche abwischte. Didi zuckte zurück. Seine Finger berührten ihre Haut nur für den Bruchteil einer Sekunde, aber das reichte, um all ihre Sinne auf beängstigende Art zu wecken.

»Entschuldigung«, sagte der Mann. »Ich wollte dich nicht erschrecken.«

»Professor …«

»Sag Imre«, bat er. »Sollen wir das der Polizei melden? Dir wurden eindeutig Drogen eingeflößt.«

»Nein«, erwiderte Didi entschlossen und hörte ihren eigenen, schweren Atem. Ihr wurde klar, dass es sicher schon früher Morgen war, und ihr Bedürfnis war von der Berührung stärker als je zuvor erweckt worden. Eine milchige Schicht breitete sich bereits auf ihren Augen aus, und sie schloss sie. Sie roch Imre, roch die Pheromone, von denen Kati und Nadia immer sprachen. Es war egal, welchen Namen man ihnen gab. Sie sog sie mit geweiteten Nasenlöchern auf.

»Ich muss auf die Toilette.«

»Natürlich«, sagte Imre. »Schaffst du es allein?«

Didi nickte und ging in die von Imre angezeigte

Richtung. Sie schaffte es geradeso bis ins Badezimmer und auf den Rand der Badewanne, als es in ihrem Bauch so stechend schmerzte, dass sie am liebsten aufgeschrien hätte.

Kurz danach kam sie auf die Beine und betrachtete sich im Spiegel. Die Zeichen waren eindeutig. Imre glaubte sicher, dass ihr elendes Aussehen von den Drogen kam, die ihr Tamaj gegeben hatte, aber sie selbst wusste und spürte in jeder einzelnen Zelle, dass die sie verzehrende Verkümmerung bereits eingesetzt hatte.

Didi drückte die Spülung und trank Wasser aus dem Hahn. Sie sah erneut in den Spiegel und zauberte sich ein herausforderndes Lächeln ins Gesicht. Dann ging sie ins Wohnzimmer zurück.

Imre saß noch immer auf dem Sofa und Didi setzte sich neben ihn.

»Mir ist noch ein bisschen komisch«, sagte sie und lehnte sich leicht an Imre. Sie wusste, welchen Effekt Nymphen auf normale Männer hatten, von der Vollmondnacht ganz zu schweigen. »Darf ich noch kurz bleiben?«

»Natürlich«, antwortete Imre und entfernte sich keinen Zentimeter.

Didi hatte keine Zeit mehr. Sie legte ihm die Hand in den Nacken. Imre sah sie an. Didi öffnete die Lippen ein wenig und leckte leicht darüber.

»Destinie, ich bin dein Professor, das geht nicht …«

»Und das auch nicht«, sagte Didi und küsste ihn leicht am Hals. Sie zog den Kragen des Leinenhemds nach unten und küsste eine andere Stelle. Dann nahm sie seine Hand und führte sie an ihrem Brustbein entlang, erst zur einen Brust, dann den Bauch entlang in die Hitze zwischen ihren Beinen. »Und das geht absolut nicht. Das ist völlig verboten.«

Didi stand auf, und Imre folgte ihrem Beispiel, als hätte man es ihm befohlen.

»Wo ist das Schlafzimmer?«, fragte Didi, und Imre zeigte mit der Hand auf eine Tür auf der rechten Seite. Didi ging darauf zu, und Imre kam ihr nach. Sie zitterte. Das Zittern kam vom Mond, den Drogen, der Lust und dem Verlangen. Es war nicht nötig, die Gründe zu analysieren, das Ergebnis war dasselbe. Sie ließ das Kleid herabfallen und zog den Slip aus. Ihr Körper badete im Licht des Vollmondes, das die hohen Fenstern entlangrann.

»Mein Gott«, stöhnte Imre. »Ich kann nicht …«

»Du musst auch nichts tun«, erwiderte Didi.

Der Gürtel war mit einem Zug auf, und im Nu hatte sie den Professor ausgezogen. Sie stieß ihn aufs Bett, ließ ihn ihre Brüste küssen und spürte, wie sie anschwollen und fester wurden. Jede einzelne ihrer Zellen pochte im Wunsch, zu leben.

»Keine Frau kann sich so anfühlen«, sagte Imre mit schwacher Stimme, als sie sich auf ihn setzte.

Oh, du hast so recht, dachte Didi, aber danach überließ sie sich nur noch ihren Gefühlen. Die Kräfte kehrten in ihren Körper zurück, eine gewaltige Energiewelle überkam sie, und sie schrie auf.

Imre lächelte und sagte nichts mehr. Nie mehr.

4

Didi rekelte sich in der Badewanne. Das Wasser dampfte ein wenig, und sie streckte die Glieder, genoss die Empfindung. Ihre Haut war glatt und seidig, ihre Haare fielen weich über ihre Brüste, und in ihr herrschte wohlige Wärme. Die heimlich eingeflößte Droge rann nicht mehr durch ihre Adern. In diesem Moment fehlte es ihr an nichts und niemandem, all ihre Sinne waren befriedigt. Wenn sie nur hierbleiben könnte …

Zwei Bilder blitzten wie scharfe Spiegelscherben in ihrem Kopf auf und zerschnitten die warme, feuchte Luft. Der tote Johannes und der tote Imre. Es half nicht, sich zu sagen, dass sie nicht anders hätte handeln können. Mit ihren letzten Kräften hätte sie irgendwohin kriechen sollen, einen Unbekannten suchen, um den sie nicht hätte trauern müssen. Didi glitt langsam unter Wasser, was sie aber nicht davor bewahrte, Imres begeisterte Stimme im Vorlesungssaal zu hören, als er von den verschiedenen Richtungen der Ästhetik erzählte, und auch nicht davor, Imre in seinen ausgeblichenen Jeans energisch im Vorlesungssaal hin- und herlaufen zu sehen. Der junge Professor war der Superstar des Campus und füllte immer alle Säle.

Die Endgültigkeit der Tat zwang Didi dazu, aus dem Wasser zu steigen. Plötzlich ertrug sie keinen Genuss mehr, sondern ekelte sich vor sich selbst. Und damit nicht genug, sie musste zudem ihre Spuren verwischen. Ihre Gedanken begannen sich zu drehen. Sie musste jetzt vor allem logisch handeln. Sie ließ das Wasser aus der Wanne ablaufen, trocknete sich sorgfältig ab und nahm die roten Haare aus der Wanne, die dort zurückgeblieben waren. Sie vermied unnötige Berührungen, als sie Imres Badezimmerschrank öffnete und dort nach kurzer Suche fand, was sie gesucht hatte. Schlaftabletten. Natürlich litt jemand wie Imre, der sich auf gedanklichen Höhenflügen bewegte, manchmal an Schlaflosigkeit. Didi wischte die Oberflächen ab, die sie angefasst hatte, und ging dann widerwillig ins Schlafzimmer. Es war früher Morgen, noch dämmerte es nicht. Imres heller, zum Teil in Laken gewickelter Körper war deutlich zu sehen – und Didi wusste auch ohne hinzusehen, dass die Haut des

Mannes bereits voller blauer Flecke war. Dagegen konnte sie nichts tun. Und auch die Tatsache, dass Imres Miene geradezu glückselig wirkte, erleichterte sie nicht. Didi zog erst sich an und veränderte dann Imres Haltung. Sie versuchte, so kühl und effizient zu arbeiten wie Kati, von der sie das Leben als Nymphe gelernt hatte. Sie leerte die Dose mit Schlaftabletten neben ihm aus und verteilte die Tabletten ein wenig. Den Rest spülte sie den Küchenabfluss hinunter. Sie machte ihr Glas sauber und versuchte noch, alles, was sie vielleicht angefasst hatte, so sorgfältig wie möglich abzuwischen. Dann ging sie leise die Steintreppe hinunter zur Straße, ohne sich noch einmal umzusehen. Erst dort wagte sie zu atmen. Wie sie das alles hasste! Sich selbst, die Nymphen, das Leben als Nymphe. Sie hasste die Satyrn, vor denen sie sich verstecken musste. Der Zorn nahm überhand, und bevor sie verstand, was sie tat, hatte sie gegen eine metallene Mülltonne am Straßenrand getreten und sie dann auf die Windschutzscheibe eines Autos geworfen, die so zersprang, dass es ihr in den Ohren klang. Und auch das half noch nicht. Ihr Blick suchte nach etwas anderem, was sie noch werfen oder zertreten konnte.

»Hat es der Prof dir nicht gut besorgt?«

Die Stimme kam von hinten, und Didi drehte sich blitzschnell um. Tamaj! Er kam aus einer Gasse, wo er wohl gepinkelt hatte, denn er zog gerade noch den Reißverschluss seiner Hose zu. Didi konnte nur durch den Mund atmen; ihr ganzer Körper war angespannt und sprungbereit wie der eines Panthers. Nur mit Mühe konnte sie sich beherrschen.

»Absolut nicht«, gab sie lächelnd zurück, auch wenn sie die Zähne fletschen wollte.

»Wohin bist du denn verschwunden? Wir waren noch nicht fertig.«

Tamaj sah sie zurückhaltend an, als würde er überlegen, ob es möglich war, dass Didi gar nicht kapiert hatte, was mit ihr passiert war. Dann zerstreuten sich Tamajs Zweifel, und er kam mit einer großspurigen Geste auf Didi zu.

»Hast du Lust, noch irgendwo hinzugehen?«, fragte er und drehte den Kopf leicht in Richtung Tramp. Dort ging die Party noch immer weiter.

»Ich dachte eher an etwas zu zweit«, erwiderte Didi und schlang den Arm um seinen Hals.

»Weißt du einen guten Ort?«, fragte Tamaj und war so von sich selbst überzeugt, dass er sofort glaubte, das Objekt von Didis Begierde zu sein.

»Hier ist es doch ganz gut«, sagte Didi.

Sie zog Tamaj lachend am Hemdkragen in die Gasse, aus der er gerade gekommen war, und versicherte sich, dass niemand sie bemerkte. Der Hass hielt sie auch in der kühlen Morgenluft noch warm. Sie lief um eine Ecke in den Schatten und stellte sich an die Wand. Dann hob sie den Saum ihres Rocks gerade hoch genug, nicht zu weit.

»Nimm mich.«

»Ich wollte schon die ganze Zeit wissen, ob Gardinen und Teppich dieselbe Farbe haben«, sagte Tamaj grinsend. Mit wenigen Schritten war er bei Didi, zog die Nymphe mit beiden Händen an der Hüfte zu sich und beugte sich vor, um sie zu küssen. Didi aber drehte den Kopf weg.

»Komm zur Sache«, sagte sie.

»Ich wusste doch, dass du eine echte Nymphomanin bist«, keuchte Tamaj und öffnete den Reißverschluss seiner Hose.

»So was in der Art«, erwiderte Didi und stieg aus ihrem Slip. Es war am besten, die Sache zu Ende zu bringen, bevor ihre Wut abgeebbt war.

Tamaj presste sich an sie, und sie legte ein Bein um seine Taille. Er hielt nichts von einem Vorspiel, sondern drang sofort in sie ein und stieß sie stöhnend gegen die Hauswand. Didis Sorge, dass ihr Hass abflauen würde, war umsonst gewesen. Tamajs Geruch und die lüsterne Miene ließen ihn wieder voll entfachen. Sie drückte ihr Bein noch enger um den Mann, dem wohl bereits merkwürdig zumute war, denn er versuchte, sich ein wenig zu distanzieren. Dabei verzog er das Gesicht. Er lächelte, aber es war kein schönes Lächeln, sondern ein schmerzverzerrtes.

»Noch nicht aufhören«, schnurrte Didi. »Das war es doch, was du wolltest. Oder ist eine Frau, die bei vollem Bewusstsein ist, nicht so dein Geschmack?«

Sie packte Tamaj an den Schultern und zog ihn immer wieder heftig an sich. Und als sie ihren Griff ein paar Sekunden später löste, fiel Tamaj wie ein ausgewrungener Lappen auf die Gasse. Er verkrampfte sich noch ein paar Mal und erschlaffte dann ganz. Didi betrachtete die Leiche angeekelt und stieß sie mit dem Fuß zur Seite, um besser darüber hinwegsteigen zu können. Sie strich ihr Kleid glatt und ging dann zur Straße zurück.

Aus dem Tramp kamen die letzten Gäste, manche noch in voller Fahrt, andere erschöpft torkelnd.

Didi hob den Blick zum Himmel. Der Mond war bereits am Untergehen.

Als Didi das Gartentor am Haus der Nymphen öffnete, ging schon die Sonne auf. Sie zog die Ballerinas aus und lief über den Rasen, der vom Morgentau feucht war, bis hin zum anderen Ende des Gartens, wo ein altes Gewächshaus an einem geschützten Ort stand. Sie musste die Königin der Nacht mit eigenen Augen sehen. Nur das Wissen darüber, dass die Samen der Pflanze reiften, konnte sie nach dieser Nacht beruhigen.

Mühelos rief sie sich den vanilleartigen Geruch ins Gedächtnis zurück, der die Luft füllte, wenn die Pflanze nachts ihre Blüte öffnete.

Sie machte die Tür auf und bemerkte sofort, dass sie nicht allein war. Sofia versorgte die Pflanzen.

»Guten Morgen«, sagte Didi und setzte sich auf die Bank, um zuzusehen, wie Sofia Setzlinge in Töpfe pflanzte. Sie schloss die Augen. Jegliche Kraft war sofort aus ihren Gliedern verschwunden, als sie sich endlich erlaubte, müde zu sein. Bald spürte sie Sofia neben sich. Die Nymphe nahm verständnisvoll Didis Hand. Sofia sah ohne Zweifel, dass die Nacht nicht nach Plan verlaufen war, und fragte nichts.

»Ich wollte eigentlich gar nicht nach Budapest kommen«, sagte Didi nach einer Weile. »Kati hat uns aber versichert, dass dies der beste Ort für uns ist, dass die Nymphen und Satyrn schon seit Hunderten von Jahren diese Stadt favorisieren. Kati meint, es ist gut, sich in einer Stadt zu verstecken, wo es bereits genug von uns gibt. Und ich habe mich auch wirklich langsam wohl gefühlt. Vor allem, nachdem Kati euch alle hierhergebracht und Alex dieses Haus für uns gefunden hatte.«

»Das Gewächshaus war sehr nützlich, Kati meinte

ja, dass du die Samen brauchst«, sagte Sofia. »Und ich hatte sofort das Gefühl, hier zu Hause zu sein, auch wenn ich mich zwischendurch immer mal wieder nach Córdoba sehne und natürlich nach der freien Natur.«

»Kati fand, dass ich mich um euch kümmern soll, weil ihr euer eigenes Rudel verlassen habt, aber ich habe immer mehr das Gefühl, dass ihr euch um mich kümmert ...« Didis Stimme brach, und Tränen traten ihr in die Augen. Sofia stand auf und ging um die Bank herum. Mit den Fingern öffnete sie Didis zerzauste Haare. Dann flocht sie ihr Zöpfe und schmückte sie mit ein paar Blumen aus einer Vase.

»Uns geht es gut, solange wir zusammenhalten«, sagte Sofia. »Die neuen Samen sind in zwei Wochen reif für die Ernte.« Didi seufzte. Sie sah noch einmal die Königin der Nacht an. Es wuchsen neue Samen heran, und diese Nacht musste sich nie mehr wiederholen. Samuel würde verstehen, dass sie hatte tun müssen, was sie getan hatte. Vielleicht war doch alles gut.

5

Samuel hatte Didi hinterherlaufen wollen. Aber was hätte er tun können? Didi davon abhalten, zu gehen? Was kann ein Mann tun, wenn er will, dass seine Freundin ihm treu bleibt, obwohl es sie in Lebensgefahr bringt?

Didi ist mir nicht untreu, wiederholte Samuel sich. Sie ist nur gegangen, damit wir bald wieder zusammen sein können. Samuel hatte Didi angeboten, mitzukommen. Der Gedanke war lächerlich. Hätte er gesehen, wie Didi sich einem anderen Mann anbot, wäre sein Herz in Stücke zersprungen. Er hatte nicht eifersüchtig sein wollen, aber das Gefühl war wie ein Raubtier, das ihn mit seinen scharfen Klauen und Zähnen zerriss, das Fleisch vom Knochen nagte. Ich betrinke mich bis zur Besinnungslosigkeit und weiß nichts mehr, wenn Didi zurückkommt. Dann kann ich so tun, als hätte es diese Nacht nie gegeben und als wäre nichts geschehen. Für einen Moment schien das eine ausgezeichnete Lösung zu sein, aber nur ein Blick auf die Barackpálinka-Flasche reichte, um zu wissen, dass er keinen Schluck des Aprikosenschnapses hinunterbringen würde, den er sonst mit Didi trank. Samuel warf sich aufs Bett. Diese Nacht würde vorbeigehen, der Morgen anbrechen und Didi nach Hause zurückkehren. Das war sicher. Er musste nur warten. Als er das nächste Mal auf die Uhr sah, waren sieben Minuten vergangen. Er legte sich anders hin, erst von einer Seite auf die andere, dann wieder zurück in die alte Position. Didi war bestimmt bereits in einer Bar angekommen. Vielleicht lächelte sie einem Mann zu und hob ihr Glas an die Lippen. Samuel sah alles deutlich vor sich. Didi senkte ihren Blick immer leicht und lachte fröhlich, wenn sie zusammen waren. Jetzt lachte sie wohl mit jemand anderem. Und wenn sie miteinander schliefen, bog Didi sich ihm entgegen, und wenn ihre Lust am größten war, hatten ihre Lippen die Farbe von roten Pfirsichen. Ein anderer Mann sah jetzt die leicht geöffneten Lippen an, aus denen vielleicht gerade ein lustvolles Stöhnen drang …

Ich mache mich doch selbst verrückt, dachte Samuel. Ich wusste, dass das passieren kann, schon als wir zusammen hierherkamen und angefangen haben, mit drei jungen Nymphen Familie zu spielen. Viele beneideten Samuel sicherlich, und meistens war er auch zufrieden, aber ab und zu fragte er sich, was sonst aus seinem Leben hätte werden können. Sie mussten sich versteckt halten, und jeder Mondumlauf war eine Herausforderung im Haushalt der Nymphen. Samuel war nicht empfänglich für ihre Zauberkraft, aber die Nymphen zeigten schon einige Tage vor dem Vollmond Symptome. Ein normaler Alltag war das nicht!

Samuel stand auf und ging zum Fenster. Er sah den Mond vorwurfsvoll an. Didi und er mussten nur diese Nacht überstehen, dann wäre alles wieder wie vorher. Er durfte Didi nichts vorwerfen, sie nie daran erinnern. Mit der Zeit würde die Nacht vergessen sein. Im Haus war es völlig ruhig. Von draußen waren Grillen zu hören, ansonsten war Samuel ganz alleine. Und er war so rastlos, dass er bald das Gefühl hatte, die Wände hochgehen zu müssen, wenn er nichts zu tun bekäme. Er zog sich seine Laufsachen an. Genauso gut konnte er zum Krankenhaus joggen und arbeiten, denn zu Hause wollte er nicht sein, wenn Didi und die anderen Nymphen zurückkamen und fröhlich berichteten, was sie gesehen und erlebt hatten. Ein ordentlicher Lauf, der ihn zum Schwitzen brachte, und dann ein bisschen Arbeit – das war die bessere Lösung.

Erschöpft vom Sport saß Samuel mit einer Trinkflasche in der Hand auf der Bank der Ärzteumkleide. Seine Beine fühlten sich so schwer an, dass er sich nicht mehr rühren konnte, als Henry und Raoul hereinkamen, die zusammen mit ihm im Orientierungskurs an der Uni gewesen waren. Raoul schien draufgängerisch wie immer und klopfte Samuel sofort auf den Rücken.

»Bist du schon zum Arbeiten gekommen? Wir rocken gerade die Nachtschicht«, sagte er.

Raoul hatte dunkle Haare und war beliebt bei den Frauen. Er hatte immer ein Lächeln auf den Lippen und war stets zu allem bereit. Auch jetzt wirkte er überhaupt nicht müde, sondern ließ die Chirurgenklamotten zu Boden fallen, dehnte sich nackt und marschierte in die Dusche. Raouls ungetrübte Lebensfreude und seine Direktheit waren manchmal etwas viel für die anderen Ärzte, aber anscheinend verstanden er und der ruhige und ausgeglichene Henry Lafayette sich gut, obwohl sie so gegensätzlich waren. Henry war blond und zurückhaltend, stets taktvoll und äußerst gebildet. Raoul wiederum genoss es zum Beispiel, in völlig unpassenden Situationen Obszönitäten von sich zu geben, und so die anderen Mitglieder der medizinischen Fakultät zu irritieren. Und wären jetzt andere Ärzte im Umkleideraum gewesen, hätten sie Raoul sicher befohlen, sich wenigstens ein Handtuch um die Hüfte zu binden. Raoul hätte über eine solche Prüderie nur gelacht. Außerdem hätte er die Anmerkungen der anderen als reinen Neid abgetan. Raoul war muskulös, hatte ausdrucksstarke Gesichtszüge und war der absolute Liebling der Krankenpflegerinnen. Und auch einiger Pfleger, wie Samuel bemerkt hatte.

»Zum Glück sind Raouls Patienten normalerweise schon betäubt, wenn sie zu ihm kommen«, meinte Henry zu Samuel, der zustimmend lächelte. Samuel stand auf und begann ebenfalls, die verschwitzten Klamotten auszuziehen. Das Laufen hatte gutgetan, und die Gesellschaft der anderen hob seine Stimmung. Bald stand er im Duschraum, wo Raoul sich bereits abtrocknete.

»Sollen wir heute Abend ausgehen?«, fragte Raoul.

»Ich glaube nicht«, antwortete Samuel und ließ kaltes Wasser über sich laufen.

»Pass auf, der Schwanz schrumpft«, sagte Raoul. »Vor allem, wenn du ihn nicht ausführst. Oder wird er regelmäßig benutzt?«

Samuel lachte nur und stand unter dem eisigen Wasser, das ihn nach der schlaflosen Nacht und dem anstrengenden Lauf erfrischte.

»Irgendwann schaffe ich es, dich mitzubekommen«, fügte Raoul noch beim Gehen hinzu und winkte. »Ich bring dir bei, wie man bei uns in Spanien feiert.«

Samuel sah ihm ein wenig neidisch hinterher. Er konnte sich nicht daran erinnern, wann er zuletzt ein so sorgenfreies Leben geführt hatte. Es schien mindestens ein Menschenleben zurückzuliegen.

Bald darauf hatte Samuel seine Arbeitskleidung an und ging in die Pathologie. Raoul und ihn verband zumindest die Tatsache, dass die Patienten von ihrer Existenz nichts mitbekamen.

Und ursprünglich wollte ich Menschen heilen, dachte Samuel. Jetzt öffne ich sie, wenn sie tot sind, und kläre, was sie ums Leben gebracht hat – eine Krankheit, ein Unfall oder ein anderer Mensch. Samuel öffnete die Tür zum Obduktionssaal und sah auf seinen Tagesplan. Einige alte Menschen und ein Opfer einer Messerstecherei.

Hier scheint man das Spiel mit scharfen Waffen genauso zu beherrschen wie in Finnland, dachte er und bereitete sich auf die erste Öffnung des Tages vor.

Da ging die Tür auf, und ein Sanitäter rollte eine in ein Laken gewickelte Leiche herein, kurz darauf brachte sein Kollege eine zweite. Gerade als Samuel etwas zu den Fällen fragen wollte, segelte eine große, knapp fünfzigjährige Frau in den Raum, die eindeutig das Kommando hatte. Sie war schlank und hatte halblange, leicht wellige Haare und einen entschlossenen Mund mit schmalen Lippen. Sie trug Männerhosen und einen zweireihigen Blazer, der ihr wie angegossen passte. Darüber trug sie einen leichten Mantel. Sie zuckte kurz mit der Schulter zum Zeichen, dass die Sanitäter gehen konnten.

»Hier hätten wir zwei verdächtige Todesfälle«, sagte die Frau. »Ich bin Kommissarin Izabella Szabó.«

»Samuel Koski. Woher wissen Sie, dass sie verdächtig sind?«

Kommissarin Szabó stellte sich zwischen die Bahren und zog die Laken von den Leichen; es kümmerte sie nicht weiter, dass sie zu Boden fielen oder dass man auch vor Leichen Respekt haben sollte. Samuel sagte nichts, fluchte aber innerlich. Zwei Männer verschiedenen Alters, beide hatten blaue Flecke und ein merkwürdiges Lächeln auf den Lippen. Schon einer wäre zu viel gewesen.

»Wo hat man sie gefunden?«, fragte Samuel.

»Den Älteren bei sich zu Hause, im eigenen Bett«, antwortete die Kommissarin und drückte ihm dabei Papiere und Fotos in die Hand.

»Der andere lag in einer Gasse mit runtergelassener Hose. Keine sehr feierliche Art zu sterben.«

»Keresztez, Imre«, las Samuel. »Professor, neben der Leiche eine Dose Schlaftabletten. Klingt nach einem klaren Fall.«

»Und der andere?«, fragte Kommissarin Szabó.

»Veres, Tamaj. Sie haben dieselben blauen Flecke, und noch dazu wurden beide Leichen im selben Block gefunden. Und beide hat man in der Nacht zuvor in der Nähe des Tramp-Clubs gesehen. Das ist wohl kaum Zufall.«

»Manchmal feiert einer zu viel, weil er vollgepumpt ist mit Drogen. Und manchmal ist Zufall einfach Zufall«, meinte Samuel und versuchte, nicht zu viel zu erklären. »Wir müssen sehen, was die Obduktion und die toxikologische Untersuchung ergeben. Ich nehme an, dass Sie die beiden schnellstmöglich untersucht haben wollen.«

»Kluger Junge«, sagte die Kommissarin streng, schien aber nicht vorzuhaben, zu gehen.

»Ich sage Bescheid, wenn die Ergebnisse da sind«, merkte Samuel an und tat, als sei er in die Ordner vertieft. »Auf Wiedersehen.«

Die Frau stand einen Moment da, drehte sich dann aber schnell um und machte sich mit wehendem Mantel davon.

Samuel setzte sich schwer atmend auf einen Hocker. In der letzten Nacht war viel passiert, was nicht hätte passieren sollen. Es stand außer Frage, dass die Männer Opfer einer oder mehrerer Nymphen waren. Er griff zu seinem Handy und rief Didi an, die aber nicht abnahm. Er versuchte es erneut, wieder vergeblich. Was war sonst noch schiefgelaufen? Am liebsten wäre er sofort nach Hause gegangen. War Didi überhaupt zurückgekommen? War sie möglicherweise verletzt? Samuel wollte die Leichen am liebsten liegenlassen, konnte aber kein unnötiges Risiko eingehen. Außerdem musste er schnellstens zwei Todesursachen fälschen. Die Spuren durften nicht zu den Nymphen führen, ob nun Didi oder jemand anderes für die Opfer verantwortlich war.

6

Didi kam es so vor, als hätte sie zwischendurch ihr Handy klingeln hören, aber sie war in einen so tiefen Schlaf gefallen, als sie endlich im Bett gelegen hatte, dass sie erst jetzt aufwachte, als Sofia und Alex ihr Obst, Ziegenkäse und Kirschsaft auf einem Tablett brachten.

»Es ist schon Nachmittag«, sagte Alex direkt von der Tür aus.

»Ich steh gleich auf«, erwiderte Didi, obwohl sie vorhatte, so lange wie nur möglich unter der Decke zu bleiben. Sie aß ein paar Birnenstücke, wischte sich die Safttropfen vom Kinn und suchte dann in ihrer Handtasche nach dem Handy. Samuel hatte angerufen, aber das war schon lange her. Didi beschloss, nicht zurückzurufen. Es gab nichts, worüber sie am Telefon hätte reden wollen. Eigentlich gab es überhaupt nichts, worüber sie hätte reden wollen. Sie würde warten. Sie wollte Samuel einfach neben sich haben, und auch das fühlte sich bereits falsch an.

Didi schob die Tasche weg, um es sich bequemer zu machen, als etwas daraus auf die Decke fiel. Ein zusammengefalteter Zettel. Es dauerte nicht lang, bis sie sich daran erinnerte, dass Daniel ihr den Zettel im Club zugeschoben hatte. Didi faltete ihn auseinander und las:

Ich bin Stein, und dennoch schlägt mein Herz
Ich schüttele mich, komme nicht los
Das Verlangen verzehrt mich
Mir wird heiß, ich will doch nicht los.

Didi stockte kurz der Atem. Es war vielleicht ein Gedicht oder ein Liedtext, aber wie hatte Daniel genau die Gefühle, die sie im Traum geplagt hatten, in vier Zeilen gebracht? Didi hatte sofort das Gefühl, als Alabasterstatue, zerrissen von ihren Wünschen, in dem weißen Saal zu stehen. Daniel hatte es in Worte gefasst, als hätte er denselben Traum gehabt.

Von der Treppe waren Schritte zu hören, und Didi versteckte das Gedicht eilig unter dem Kissen, gerade rechtzeitig, bevor Samuel zur Tür hereinspähte.

»Du bist zu Hause!«, atmete er auf und war sofort

bei ihr am Bett. Dankbar wiegte er sie in seinen Armen. Didi war genauso erleichtert. Die Unsicherheit darüber, wie Samuel sich ihr gegenüber verhalten würde oder wie sie sich fühlen würde, war wie weggeblasen. Sie drückte sich an Samuels Brust. Natürlich würde ihre Liebe das überstehen. Sie war ja nicht absichtlich untreu gewesen, sondern nur, weil sie sich in Lebensgefahr befunden hatte. Sie wurde ruhiger und genoss Samuels vertrauten Duft. Nichts konnte sich so gut anfühlen. Sie lösten sich voneinander, und Didi setzte sich auf und lehnte sich gegen das Kopfende des Betts.

»Ich hatte Angst, dass dir etwas passiert ist«, sagte Samuel. Didi sah die ungestellte Frage in Samuels Blick, wollte aber nicht antworten. Es war besser, die vergangene Nacht zu vergessen. Sie nahm eine Pfirsichscheibe vom Teller und bot sie Samuel an. Dann nahm sie sich ein zweites Stück und schob sich dazu Käse in den Mund.

»Uns wurden heute Morgen zwei Leichen geliefert«, sagte Samuel. Er schien nicht aufgeben zu wollen. »Weißt du etwas darüber?«

»Ein vierzigjähriger Mann und ein jüngerer schmieriger Typ«, antwortete Didi nach einem kurzen Moment.

»Du …«

Didi nickte. Sie nahm den Teller und versuchte so auszusehen, als überlege sie, was sie als Nächstes probieren sollte. Samuel nahm ihr allerdings den Teller entschlossen aus der Hand und stellte ihn auf den Nachttisch.

»Was ist passiert?«, fragte er.

»Mir wurden K.-o.-Tropfen eingeflößt, ich hatte keine Zeit mehr … Und dann hab ich danach dieses Arschloch getroffen, der mir die Drogen in den Drink getan hatte, und plötzlich war ich so wütend …«

Didis Erklärung war unzusammenhängend, und ihre Augen füllten sich mit Tränen. Samuel nahm sie erneut in den Arm.

»Keine Sorge«, sagte er. »Die Polizei war auch schon da, aber ich regle die Dinge so, dass niemand Verdacht schöpft.«

Didi schlang dankbar die Arme um Samuels Hals. Er setzte sich bequemer neben sie und schüttelte das Kissen ein wenig auf. Dabei fanden seine Hände den zusammengefalteten Zettel.

»Was ist das? Hast du schon einen Einkaufszettel geschrieben?«, fragte Samuel lächelnd und bezog sich damit auf den gemeinsamen Witz, dass die anderen Nymphen wie Kinder waren, denen sie alltägliche Dinge beibringen mussten. Didi versuchte vielleicht ein wenig zu schnell, Samuel den Zettel abzunehmen. Er faltete ihn auseinander und las die wenigen Zeilen rasch und stumm. Dann sah er Didi in die Augen, zerknüllte das Papier und warf es auf den Boden.

»Hat das dieser Daniel geschrieben?«, fragte er mit unnötig lauter Stimme. »Ich habe Angst um dein Leben, und du gehst nicht mal ans Telefon, sondern liest die Gedichte eines anderen Mannes! Ich habe heute die Polizei für dich angelogen. Ich habe Informationen gefälscht, weil ich versuche, dich zu beschützen!«

Didi rief sich das Bild einer ruhigen Teichoberfläche in Erinnerung und streckte Samuel die Hand hin, aber der sprang auf.

»Versuch diese Gefühlsübertragung nicht bei mir«, sagte er eisig. »Wir hatten darüber geredet. Bevor ich dich getroffen habe, wollte ich eine Familie gründen, Menschen heilen, Arzt sein! Jetzt wohne ich mit Märchenwesen zusammen und sehe bei der Arbeit nur Tote!«

An der Schlafzimmertür war Sofia erschienen.

»Das Essen ist fertig«, sagte sie. »Kommt.«

Didi nickte. Sie hatte einige Zeit mit Kati und Nadia zusammengelebt und wusste, wie sehr sie den Kontakt zu anderen Nymphen brauchte. In Gesellschaft der anderen fanden sie Gleichgewicht und Harmonie. Didi sah Samuel flehend an, aber er ging wortlos hinter Sofia aus dem Zimmer. Sie zog sich schnell Jeans und ein

T-Shirt an und folgte ihnen. Oft genossen die Nymphen an den Tagen nach dem Vollmond gutes Essen und die gegenseitige Nähe, erzählten sich Geschichten von Liebhabern und Begegnungen. In solchen Momenten waren sie am ungezwungensten. Nach dem Vollmond waren die schwelenden Gefühle erloschen und alles gut.

Diesmal war alles anders. Sobald jemand versuchte, ein Gespräch anzufangen, brach es nach einigen Sätzen wieder ab. Das mit Sorgfalt zubereitete Essen wurde einfach verschlungen. Didi bekam jedoch keinen Bissen hinunter. Plötzlich war sie zu niedergeschlagen, um noch länger stillzusitzen.

»Ich habe ein Abendseminar«, sagte sie und stand auf.

»Heute?«, fragte Laetitia erstaunt.

»An der Uni ist ein Gastdozent, und ich hatte mich angemeldet«, erfand Didi schnell.

»Ich gehe besser hin, damit meine Abwesenheit nicht unnötig Aufmerksamkeit weckt.«

»Zu welchem Thema?«, fragte Samuel, dessen Stimme anzuhören war, dass er auf Streit aus war.

»Liebeslyrik«, antwortete Didi, denn das war das Erste, was ihr in den Sinn kam. Gleichzeitig war es die schlechtmöglichste Antwort. Das war Samuel anzusehen. Didi lief nach oben, um ihre Tasche und das

Handy zu holen, und zog ihre Turnschuhe an. Sie wollte einfach nur weg und hatte das Gefühl, an die frische Luft zu müssen, um in Ruhe ihre Gedanken sortieren zu können. Die Tür fiel ins Schloss, und sie war draußen, ohne sich verabschiedet zu haben. Samuel sah die anderen Nymphen an, die wiederum ihn fragend ansahen.

»Mama und Papa haben kleine Differenzen«, sagte er und versuchte zu lächeln. »Das Essen ist sehr gut.«

Auf der Margareteninsel gab es für jede Stimmung den passenden Ort. Heute wollte Didi keine Menschen sehen, sondern allein sein. Die Stille des japanischen Gartens war gut für eigene Gedanken.

Oder aber dafür, vor ihnen zu fliehen, dachte Didi, nachdem sie sich auf eine Steinbank an einem Karpfenteich gesetzt hatte.

Ich muss zur Ruhe kommen, ebenso Samuel. Vorher können wir nicht reden, überlegte sie und versuchte, sich die Lungen mit der herrlich grün riechenden Inselluft vollzusaugen. Von irgendwoher kam eine Hummel, flog um sie herum und setzte sich dann auf ihren bloßen Arm. Didi betrachtete das Tier.

»Du bist am völlig falschen Ort«, sagte Didi und hob den Arm an, als würde sie die Hummel zum Fliegen ermutigen wollen. »Geh und such Blumen. Die sind dort in der Sonne.«

»Didi?«

Didi sah die Hummel verwundert an. Sie spürte natürlich eine gewisse Nähe zu diesen Tieren, aber sie hatten nie zuvor geantwortet. Hatte die letzte Nacht möglicherweise ihre sowieso empfindlichen Sinne dermaßen sensibilisiert?

»Desirée Tiensuu? Oder lieber nach wie vor Didi?«, fragte eine Frauenstimme, die jetzt ganz nah war. Didi drehte sich um. Wer sprach sie mitten in Budapest auf Finnisch an? Eine mittelgroße, kurzhaarige Frau mit einfachen, dunklen Kleidern kam auf sie zu. Sie trug eine übergroße, dunkle Sonnenbrille, ihre Lippen waren sorgfältig rot geschminkt.

Sie wirkte zurückhaltend. Etwas an ihr schien vertraut, und nach einem kurzen Moment erkannte Didi die Frau.

»Was machst du denn hier?«, fragte die Frau. »Gerade vor ein paar Tagen musste ich an dich denken. Ich bin Karoliina Lahti, erinnerst du dich?«

Natürlich erinnerte Didi sich jetzt. Wer würde seine Psychologin vergessen? Es war doch Karoliina gewesen, zu der man sie zu Beginn ihrer Pubertät wegen ihrer Gefühlsausbrüche geschickt hatte.

»Hallo«, sagte Didi ein wenig vorsichtig. Seit sie zur Nymphe gereift war, kamen ihr Zufälle immer äußerst verdächtig vor.

»Eine gewisse Sache hat mich nämlich an deine Tätowierung denken lassen. Weißt du inzwischen, was das Knoten-Tattoo bedeutet?« Karoliina sprach in ungezwungenem Ton, wirkte aber ein wenig außer Atem und unruhig, so dass Didi sich umsah, um festzustellen, ob außer ihnen noch jemand anderes in der Nähe war. Aber da war nur eine Touristenfamilie.

»Ja. Meine Mutter hat sie machen lassen. Wieso?«

Karoliina nahm die Sonnenbrille ab. Sie sah aus, als hätte sie seit Tagen nicht geschlafen.

»Mich hat das lange beschäftigt. Der Knoten ist nicht nur eine Tätowierung. Und das weißt du auch. Vielleicht bist du für eine ganz andere Sache auserkoren. Man hat dich vorbereitet ...«

»Was weißt du denn davon?«, fragte Didi. Sie sah sich um, denn sie hatte das seltsame Gefühl, dass jemand sie beobachtete.

»Ich weiß vielleicht mehr, als ich will, und ich kann nicht länger schweigen«, erwiderte Karoliina und setzte die Brille wieder auf. Ihre rotgefärbten Lippen verzogen sich zu einem leichten Lächeln.

»Wie hast du mich gefunden?«, fragte Didi, denn es gab keinen Zweifel mehr daran, dass Karoliina sie bewusst aufgesucht hatte.

»Das ist jetzt unwichtig, aber hier können wir nicht reden«, antwortete Karoliina.

»Komm in zwei Stunden in mein Hotel. Ich wohne im Szépi, das ist …«

»In der Váci-Straße«, setzte Didi den Satz fort.

»Komm dorthin, dann erzähle ich dir, was ich weiß«, sagte Karoliina. Sie spähte noch über Didis Schulter, ging dann aber mit hastigen Schritten davon.

All das war so schnell gegangen und so überraschend gekommen, dass Didi nicht einmal von der Bank aufgestanden war. Jetzt fröstelte sie und wollte in die Sonne. Außerdem war sie völlig durcheinander. Wie konnte es sein, dass gerade, als sie über unkontrollierbare Strömungen des Gehirns nachdachte, die Psychologin, zu der sie der Schulpsychologe wegen ihrer Wutausbrüche geschickt hatte, bei ihr in Budapest auftauchte und merkwürdige Dinge erzählte?

Didi setzte sich in die Sonne und wog die Situation ab. Es gab eine Person, die vielleicht mehr über die Sache wusste. Sie kramte das Handy aus der Tasche und rief Kati an.

»Blödes Affenmädchen!«, war Katis verärgerter Ruf zu hören.

»Ebenfalls guten Tag«, antwortete Didi.

»Hier hat der Vollmond einen kleinen Kopf ziemlich durcheinandergebracht«, erklärte Kati. »Als hätten wir es nicht schon schwer genug. Matilda, hör auf, oder ich fessle dich an den Baum im Hof!«

Didi wartete kurz, bis sich die Situation am anderen Ende entspannt hatte.

»Wie geht's?«, fragte Kati.

»Ich hab meine Psychologin von früher getroffen, Karoliina Lahti«, antwortete Didi ohne Umschweife. »Sie sagte etwas ziemlich Merkwürdiges. Und plötzlich hab ich das Gefühl, dass es damals, als ich bei ihr war, immer etwas unangenehm war. Ich hatte das völlig vergessen, aber jetzt ist dieses Gefühl zurück.«

»Niemand fühlt sich besonders wohl beim Seelendoktor«, meinte Kati. »Mehr ist da bestimmt nicht.«

»Karoliina meinte, dass der Knoten vielleicht mehr bedeutet und dass ich für etwas anderes auserkoren sei.«

Am Telefon war es still. Kati dachte nach. Im Hintergrund waren Matildas verärgertes Gebrüll und lautes Geschepper zu hören.

»Das ist das erste Mal, dass ich etwas von einer Therapie höre«, sagte Kati dann. »Und leider bist du keine echte Legende, auch wenn ich bereit wäre, sogar dich sofort gegen die echte zu tauschen. Ich selbst habe die Tätowierung machen lassen, als du ein Baby warst. Mehr ist da nicht, und du bist nicht die Retterin der Nymphen … Du solltest allerdings deine Nerven im Zaum halten und nicht ganz paranoid werden, wenn dich eine Touristin zufällig erkennt. Ich muss jetzt los,

Matilda hat sich in den Kopf gesetzt, heute feiern zu gehen. Die Göre hat sich bestimmt einen pickligen Jungen ausgesucht, den sie ärgern kann. Aber nicht in meiner Wachschicht!«

Didi hätte gerne noch ein bisschen mit Kati geredet, sie zum Beispiel nach Nadia und deren Leben gefragt, aber das musste jetzt warten. Wenn sie mehr erfahren wollte, musste sie Karoliina treffen. Davor allerdings musste sie genau überlegen, was sie sagen konnte. Karoliina hatte ihr einst geholfen, und vielleicht konnte sie ihr auch jetzt helfen. Die ganze Wahrheit über sich würde Didi allerdings nie erzählen können.

7

Nadia sah auf ihr Handy. Kati wollte reden, aber sie hatte jetzt ganz anderes im Kopf. Sie steckte das Telefon in die Manteltasche, bevor sie die bombastische Eingangshalle der Genfer Zentrale des Pharmakonzerns Pharcel betrat. Darin gab es regenwaldartige Wandpflanzen und eine moderne Bronzestatue sowie schwarze Steinfliesen, Glas und Stahl. Der kühle Stil hatte sie nie angesprochen. Sie checkte mit ihrer Personalkarte ein und ging zum Aufzug, der sie zum Labor brachte. Es war bereits Abend, und deshalb waren keine anderen Forscher mehr da, so dass sie sich in Ruhe auf ihre eigene Arbeit konzentrieren konnte. Rasch ging sie die Ergebnisse der Tests, die sie selbst durchgeführt hatte, durch und setzte dann ihre Arbeit fort. Sie wusste, dass sie auf der richtigen Spur war, aber der große Durchbruch stand ihr noch bevor.

Pharcel bot ihr die besten Voraussetzungen, ihn zu erreichen. Sofort als sie erfahren hatte, dass der Konzern ein Viagra-ähnliches Mittel für Frauen entwickeln wollte, hatte sie sich dort beworben. Sie hatte die Stelle als Pheromonforscherin bekommen und hatte nicht einmal viel in ihrem Lebenslauf fälschen müssen. Nur ein paar hundert Jahre beim Alter.

Nadia dosierte eine Suspension für die Zentrifuge. Katis Kontaktaufnahme hatte sie einmal mehr an Didi und alles, was geschehen war, denken lassen. Als Jesper gestorben war, war auch etwas in ihr zu einem Schatten geworden. Sie war empfindungslos geworden. Freude und Genuss waren nur noch mechanische Reize, die eine bestimmte Reaktion hervorriefen, aber keinerlei Gefühle. Didi ihrerseits fühlte alles stark. So stark, dass sie in der Lage war, Gefühlszustände mit einer bloßen Berührung auf andere zu übertragen, wenn sie das wollte.

Das ist falsch, unangemessen, dachte Nadia. Didi ist eine junge Nymphe, und dennoch hat sie ein solches Talent. Ich habe meine Fähigkeiten und Empfindsamkeit über Jahrhunderte hinweg entwickelt, und jetzt bin ich kalt, fast leblos.

Nadia hatte das Gefühl, dass sogar Menschen mehr fühlten als sie. Als sie sich beworben hatte, hatte sie angegeben, Witwe zu sein, und sofort von den neuen

Kollegen ungeheure Empathie erfahren. Das hatte sie nicht erwartet. Oft hatte sie Menschen als schroff und taktlos empfunden, aber plötzlich verhielt man sich ihr gegenüber feinfühlig und verständnisvoll. Wäre Nadia in der Lage gewesen, anderen zuliebe einige Tränen über die Wange laufen zu lassen, hätte sie es getan, aber ihre Tränen waren vor langer Zeit versiegt. Doch auch ohne sie gab es Platz für Trauer, denn meistens ließ man sie in Ruhe. Niemand drängte ihr eine Freundschaft auf oder wollte sie besuchen kommen. Es gab nur eine Sache, die ihr Herz schlagen ließ, und die behielt sie sorgfältig für sich. Sie hatte gelernt, dass es am klügsten war, das Wertvollste vor anderen versteckt zu halten.

Nadia ging zum Computer zurück und tippte frustriert auf der Tastatur herum. Ihre Forschungen waren seit Wochen nicht so vorangegangen, wie sie wollte. Gerade als sie hoffte, ein neues Mittel gefunden zu haben und die Tests vielversprechend aussahen, kam ein Rückschlag. Sie hatte festgestellt, dass sie mehr Ressourcen brauchte, Geld, Geräte, andere Verbindungen. Deshalb hatte sie vor ein paar Tagen ihren Mut zusammengenommen und einen Projektplan entworfen. Sie hatte keine Aufmerksamkeit erregen wollen, doch jetzt war vielleicht aufgeflogen, dass sie auf eigene Faust experimentierte. Aber egal, man konnte sie für ein bisschen durchgeknallt halten, niemand würde sie jedoch verdächtigen, eine Nymphe zu sein. Die Menschen glaubten nicht an so etwas. Idioten.

Nadia war gerade dabei, ihre Spuren im Labor wegzuwischen, als sie Schritte hörte. Sicher war es nur der Wächter auf seinem normalen Rundgang. Sie wartete darauf, dass der Mann an der Tür vorbeiging, aber plötzlich wurde die Tür geöffnet.

Eine unbekannte Frau in einem schlichten und figurbetonten dunkelgrauen Hosenanzug sah sie kurz von oben bis unten an.

»Direktor Warre will Sie sehen«, sagte die Frau.

»Ich war gerade am Gehen«, erwiderte Nadia und zog die Laborjacke aus. Sie wollte die Angst, die jetzt an ihr nagte, nicht zeigen. Vielleicht war sie tatsächlich aufgeflogen. Sie hatte nicht die geringste Lust, die Dinge mit dem angeblich ein wenig sonderbaren Warre zu diskutieren.

»Jetzt sofort«, sagte die Frau, und die Stimme ließ erkennen, dass es keine Alternative gab.

Nadia nahm Handtasche und Mantel und folgte der Frau zum Aufzug. Sie fuhren ins oberste Stockwerk des hohen Gebäudes, das für Warre reserviert war. Nadia war nie dort gewesen und ihres Wissens auch ihre Kollegen nicht. Sie waren zu unbedeutend, um eine Einladung zu bekommen. Gesehen hatte Nadia Warre bei ein paar Veranstaltungen des Konzerns, aber nur von weitem.

Die Tür des Aufzugs öffnete sich und Nadia erwartete, dass die Frau sie begleiten würde, aber sie blieb im Aufzug. Nadia betrat den offenen Raum, von dem Fenster in alle Himmelsrichtungen gingen. Die Lichter von Genf leuchteten weit unten, aber sie konnte sie nicht bewundern, sie sah nur den großen und schlanken Mann an, der mit dem Rücken zu ihr stand.

»Nadia Baglione«, sagte der Mann, und erst dann drehte er sich zu ihr um.

Warres Haare waren äußerst kurz geschnitten, und sein Körper war sehnig wie der eines Marathonläufers, seine Haut aber bleich. Er hatte graue Augen und gerade, dunkle Augenbrauen. Rasiert hatte er sich mindestens ein oder zwei Tage nicht.

»Ja«, bekam Nadia heraus.

»Man hat mir deinen Projektplan vorgelegt«, fuhr Warre fort und starrte Nadia unverwandt an.

»Ich hatte nicht vor, Sie damit zu belästigen«, erwiderte Nadia. »Mir sind nur ein paar Dinge eingefallen, mit denen man die Forschung effizienter machen könnte …«

Nadia verstummte, als Warre die Hand hob. Das Schlimmste war eingetroffen. Sie hatte Aufmerksamkeit erregt, und jetzt würde sie entlassen werden. Zu allem Überfluss würde sie die Möglichkeit verlieren, ihre Forschungen weiterzuführen. Wie hatte sie nur so unvorsichtig handeln können? Nadias Blick folgte Warre, der vor dem Fenster auf- und abging und die Ärmel hochrollte. Sie überlegte, ob es eine Möglichkeit gab, irgendwie aus dieser Dachwohnung zu fliehen. Vergeblich.

»Wir haben verschiedene luststeigernde Mittel für Frauen entwickelt«, sagte Warre und blieb stehen. Sein intensiver Blick ruhte auf Nadia. »Du hast eine ganz andere Perspektive darauf.«

Nadia atmete auf. Vielleicht hatte sie noch die Chance, sich zu retten. Warre wies mit der Hand auf einen eleganten Sessel am Fenster, und Nadia setzte sich. Warre folgte ihr.

»Jetzt hast du die Möglichkeit, mir dein Produkt zu verkaufen«, sagte er und lächelte das erste Mal – sofern man die ein paar Millimeter hochgezogenen Mundwinkel als Lächeln bezeichnen konnte. Er lehnte sich zurück und wartete.

»Meiner Meinung nach wird bei der Entwicklung dieser Mittel zu einseitig gedacht«, fing Nadia vorsichtig an. »Ich würde es ganzheitlicher angehen, auf das Sinnesleben erweitern. Schon seit langem wollen alle sofortige Befriedigung, aber ich glaube, dass sich das bald ändert. Die Menschen sehnen sich nach Wohlbefinden in allen Lebenslagen. Hilft man ihnen dabei, dass sie tiefer empfinden und erleben können, verbessert dies ihr Leben auch in anderer als nur in sexueller Hinsicht.«

»Dieser Trend ist tatsächlich zu beobachten«, sagte Warre, half Nadia aber kein bisschen weiter.

»Die anthroposophische Medizin interessiert die Menschen immer mehr. Deshalb würde ich die Mittel nicht als Sexpillen vermarkten, sondern etwas altmodisch als Elixiere«, erklärte Nadia und kam endlich in Fahrt. »Man muss die Möglichkeiten untersuchen, Pharmakologie und alternative Methoden zu kombinieren. Vor allem, wenn es um Produkte für Frauen geht. Sie nehmen ein Mittel, das ihr Gefühlsleben und den Genuss mit allen Sinnen stärkt, leichter an. Sie wissen sicher aus meinem Lebenslauf, dass ich aus der Natur kommende ...«

Warre hob erneut die Hand und presste dann nachdenklich die Fingerspitzen aneinander. Nadia hatte das Gefühl, dass sie doch den Mund zu voll genommen hatte. Mit einem Milliardär wie Warre wäre es besser gewesen, sich auf die ökonomischen Vorteile zu konzentrieren. Aus ihrer langen Erfahrung wusste sie, dass die Gewinnerwartung Männer mit Macht viel besser aktivierte. In dieser Hinsicht waren sie wie Satyrn. Gierig.

»Ein wahres Lebenselixier«, sagte Warre leise.

Nadia konnte nur nicken. Sie konnte nicht erkennen, ob Warre sich die Sache tatsächlich überlegte oder ob seine Stimme spöttisch klang. Sein Gesichtsausdruck verriet nichts.

Die Stille schien mehrere Minuten anzudauern, aber Nadia traute sich nicht, sich zu bewegen. Ihre Zukunft lag auf der Waagschale. Dieser Mann, den sie nie zuvor getroffen hatte, würde beim nächsten Augenaufschlag darüber entscheiden.

»Gut«, sagte Warre, und Nadia blickte überrascht auf. »Ich will noch eine detailliertere Ausarbeitung sowie eine Erläuterung dazu, welche Ressourcen die Forschung benötigt. Und ich will das schnell. Du hast vierundzwanzig Stunden Zeit. Geht das in Ordnung?«

»Natürlich«, sagte Nadia und stand ein wenig unsicher auf, als Warre geradezu aufsprang.

»Ich muss wohl nicht erklären, dass diese Sache erst einmal unter uns bleibt«, fuhr er fort. »Diese mögliche neue Ausrichtung wird geheim gehalten. Ich will nicht, dass es sich im Haus verbreitet.«

»Ich werde niemandem davon erzählen«, versprach Nadia. Das war einfach, denn sie wollte wirklich nicht, dass jemand von ihren Plänen erfuhr.

»Bring mir einen detaillierten Projektplan, dann denke ich weiter darüber nach«, sagte Warre.

Er ging zu seinem Schreibtisch, ohne Nadia noch einmal anzusehen.

»In Ordnung«, sagte Nadia und ging möglichst ruhig zum Aufzug.

Sie musste nicht einmal den Knopf drücken, denn die Tür ging sofort auf, und Warres Assistentin nickte ihr grüßend zu. Nadia drehte sich um und sah, wie Warre konzentriert auf seinen Computer starrte. Kurz darauf verließ sie bereits das Gebäude von Pharcel und wagte endlich, befreit durchzuatmen. Das Gespräch hatte sie verwirrt, aber sie war immerhin nicht gefeuert worden. Jetzt würde sie nach Hause gehen, einen genauen Projektplan erstellen und überlegen, wie sie darin unbemerkt ihre eigenen Forschungen unterbringen konnte. Wenn sie vorsichtig genug wäre, würde sie damit weitermachen können.

Nadia wollte schnell nach Hause. Dort wartete ein zweites Geheimnis auf sie, das ihren Schritten Flügel verlieh.

8

Die **Schulwoche war** ziemlich schlimm gewesen. Didi hatte geschwänzt, keine Hausaufgaben gemacht, ein Mädchen aus der Parallelklasse getreten, das sie nur durch ihren Blick verärgert hatte, und dann zur Krönung die Geschichtslehrerin als »alte Nutte« beschimpft, so dass alle es hören konnten. Und beim Verweis hatte Didi gefragt, ob es passender gewesen wäre, sie »junge Nutte« zu nennen. So war sie direkt beim Schulpsychologen gelandet. Danach wurde sie an die Psychologin Karoliina Lahti weiterverwiesen, deren Sprechstunde sie zweimal schwänzte, so dass sie beim dritten Mal von ihrer Mutter hingebracht wurde. Schon beim ersten Besuch hatte Didi alles gegeben, um Karoliina zu provozieren. Sie hatte mit hochgezogenen Beinen auf ihrem Stuhl gesessen und konzentriert den Spliss in ihren Haaren untersucht. So viele kaputte Haare. Die beiden nächsten Besuche verliefen auch nicht besser, aber dann wurde es Didi langweilig, und sie merkte, wie sie begann, Karoliina alltägliche, ihrer Meinung nach unwichtige Dinge zu erzählen. Dann löste sich etwas in ihr. Sie erzählte von den Gefühlsstürmen, die an ihr zerrten und die sie nicht beherrschen konnte, von den Wutausbrüchen, die sie plötzlich und ohne Vorwarnung überkamen, sogar davon, dass sie sich in diesen Momenten gerne selbst verletzen wollte. Und jedes Mal trug Karoliina ihr eine kleine Technikübung auf, die sie anwenden konnte, wenn sie sich über etwas ärgerte. Karoliina erklärte ihr, wie Stresshormone im Blut freigesetzt werden, wenn man sich ärgert, und wie sie sich selbst beruhigen konnte, indem sie die Atmung regulierte. Einige Monate später konnte Didi sich bereits im Zaum halten. Es war nicht einfach, aber sie schaffte es. Wenn sie wollte. Immer wollte sie es nicht. Ein Ausbruch war auch befreiend.

Dennoch waren Didis kindliche Wutausbrüche nicht ihr schlimmstes Problem. Es dauerte eine Weile, bis sie sich Karoliina öffnen und ihr von dem monatlichen Schmerz erzählen konnte, der ihr Innerstes nach außen drehte und weit entfernt war von den Menstruationsschmerzen der anderen Mädchen. Der in ihrem Inneren heiß und schneidend tobte. Und sie hatte nicht einmal ihre Tage wie die anderen. Darüber hinaus spürte sie die Blicke der Männer besonders intensiv. Und manchmal, wenn ein Junge ihr so nahe kam, dass sie ihn riechen konnte, überfiel sie eine unangenehme Lust.

Das kann nicht normal sein, hatte Didi damals gedacht. Ich bin unnormal, krank.

Mit Karoliina hatte sie gelernt, mit den schmerzhaften Gefühlen umzugehen.

Vielleicht gelingt mir das auch jetzt, dachte sie. Ich erzähle Karoliina – in ausgewählten Episoden – von meinem Leben, und sie bringt mir eine Technik bei, mit der ich meine Schuldgefühle bewältigen kann. Denn das war der Kern der Sache: Sie hatte Schuldgefühle Samuel gegenüber, den anderen Nymphen gegenüber, die sie für die Nymphe mit dem Knoten aus der Legende hielten, und jetzt noch aufgrund dessen, was sie Imre angetan hatte. Sich wegen Tamaj schuldig zu fühlen fiel ihr schwer, so dass sie Schuldgefühle hatte, weil sie keine hatte …

Das hört nie auf, überlegte Didi, als sie am Hotel Szépi ankam.

Didi hatte das Gebäude aus einem Café gegenüber eine Weile beobachtet, aber nichts Verdächtiges entdecken können. Sie sah sich auch in der Empfangshalle um, doch niemand beachtete sie mehr, als man eine schöne, junge, rothaarige Frau normalerweise beachtete. Sie ging zum Empfang und fragte nach Karoliina Lahti.

»Wir haben keinen Gast mit diesem Namen«, sagte die Rezeptionistin, nachdem sie im Computer nachgesehen hatte. »Sind Sie denn im richtigen Hotel?«

Didi war verwirrt. Sie war sich völlig sicher, dass Karoliina genau dieses Hotel genannt hatte. Sie war bereits am Ausgang angelangt, als sie wieder kehrtmachte.

»Entschuldigen Sie, aber haben Sie vielleicht eine Nachricht für mich? Auf den Namen Didi Tiensuu.«

Kurz darauf reichte ihr die Rezeptionistin einen Umschlag. Darin lag ein Zettel mit der Aufschrift *Zimmer 451*.

Ein Mann mittleren Alters betrat gerade den Aufzug. Didi beeilte sich, um noch mitzukommen. Auf dem Flur im vierten Stock sah sie sich sicherheitshalber noch mal in alle Richtungen um. Es war niemand zu sehen. Sie suchte die richtige Tür und klopfte an. Didi ahnte, dass Karoliina bereits auf der anderen Seite der Tür bereitstand, den Atem anhielt und durch den Spion sah, bevor sie ihr öffnete. Didi betrat das Zimmer.

»Willst du abreisen?«, fragte sie, denn als Erstes fiel

ihr Blick auf einen geschlossenen Koffer, der auf dem Bett lag. Dann bemerkte sie, dass das Bett durcheinander und ungemacht war.

Das passte überhaupt nicht zu der stets so gepflegten und tadellosen Karoliina, deren Arbeitstisch wie mit dem Lineal geordnet schien.

»Sobald ich mit dir gesprochen habe«, antwortete Karoliina. Sie nahm ein Tablet aus der Handtasche und gab das Passwort ein. Dann kam sie auf Didi zu und zeigte ihr das Display.

»Sagt dir dieses Foto etwas?«

Didi torkelte, ihr wurde schwindlig. Karoliina musste sie am Arm nehmen und zum Sessel bringen.

»Was ist das für ein Foto?«, fragte Didi und schnappte nach Luft. »Zeig noch mal …«

Karoliina hielt ihr erneut das Tablet hin. Didi hatte das Gefühl, ihren eigenen Traum zu sehen, doch auf dem Display war nur ein altes Ölgemälde erschienen, mit einer Alabasterstatue auf einem Sockel, auf den der Bildhauer gestiegen war, um die perfekte Arbeit seiner Hände zu küssen.

»Es heißt Pygmalion und Galatea«, sagte Karoliina und beobachtete Didis Miene.

»Ich habe es mehrmals im Traum gesehen. Darin bin ich diese Statue, aber ein Künstler ist nicht dabei, sondern ein …« Didi konnte Karoliina absolut nicht davon erzählen, dass der Mann im Traum ein Satyr war. Damit würde sie alles Böse freisetzen. All das Böse, über das sie nicht sprechen wollte.

Plötzlich erinnerte sich Didi an das seltsame Gefühl in Karoliinas Sprechstunden. Im Zimmer hatte es eine Tür gegeben, die wohl in ein zweites Zimmer geführt hatte, sie hatte sie aber nie offen gesehen. Dennoch hatte sie oft das komische Gefühl gehabt, dass jemand hinter dieser Tür saß und ihre Gespräche mithörte. Sie hatte eine Kraft gespürt, den ruhigen, heißen Atem, ähnlich dem im Traum und jetzt beim Anblick des Gemäldes.

»Karoliina, war damals bei der Therapie jemand dabei, von dem ich nicht weiß?« Didi hatte Mühe, ihre Frage in Worte zu fassen.

»Darüber kann ich nicht sprechen«, entgegnete Karoliina. »Aber wenn es jetzt jemanden in deinem Leben gibt, dann musst du diese Beziehung beenden. Es gibt Wesen, die dich niemals …«

Karoliina verstummte. Sie sah Didi flehend an und richtete sich auf.

»Du bist ganz blass«, sagte sie. »Hier ist es zu stickig.«

Karoliina ging zum französischen Balkon und öffnete beide Türen. Sofort wehte ein frischer Abendwind ins Zimmer. Didi sah Karoliina erwartungsvoll an, und als sie sich umdrehte, sah sie, dass Karoliina beschlossen hatte, ihr etwas zu offenbaren. Didi machte sich bereit. Karoliina wusste etwas über sie, und jetzt würde sie vielleicht Antworten auf viele ihrer Fragen bekommen, auch wenn es unangenehme waren.

»Didi, man hatte dich nicht zufällig an mich verwiesen, alles war so organisiert worden. Meine Aufgabe war es, dich vorzubereiten, aus dir eine …«

Plötzlich war ein Zischen zu hören, dann ein fürchterliches Geräusch. Karoliinas Blick war nicht mehr mitleidig, sondern voller Erstaunen. Sie sah Didi immer noch in die Augen, doch dann senkte sie den Blick auf ihre Brust. Sie sah eine Pfeilspitze, und ihr beigefarbener Seidenpullover war schnell von Blut durchtränkt. Der schöne Pullover, den sie immer sorgfältig mit der Hand wusch. Jetzt war er völlig dahin … Sie ging in die Knie und kippte zur Seite. Dann verlor sie das Bewusstsein.

»Wir sollen von hier weg? Und auch aus Budapest?«, fragte Laetitia besorgt und sah erst die Nymphen an, die am Küchentisch saßen, und dann Samuel. Didi nickte. Ihre Gedanken gingen zurück zu Karoliinas Leiche in der Blutlache. Sie hatte nicht den Puls fühlen müssen, um zu wissen, dass sie tot war. Und nicht nur tot, sondern ermordet. Und es gab keinen Zweifel daran, dass es mit ihr selbst zu tun hatte. Damit waren auch alle anderen um sie herum in Gefahr. Über viele Umwege war sie nach Hause gelaufen, sie wollte sichergehen, dass niemand sie verfolgte. Dann hatte sie alle geweckt und verkündet, dass sie umziehen mussten.

»Warum?«, fragte Samuel. »Ich habe versprochen, mich so um die beiden Toten zu kümmern, dass die Spuren nicht zu dir führen.«

Didi spürte, wie die anderen Nymphen sie forschend ansahen. Sie hatte während des Vollmondes zwei Männer getötet und war dabei das Risiko eingegangen, entdeckt zu werden.

»Ich habe das Gefühl, dass wir hier lange genug waren«, sagte Didi. Sie hatte nicht vor, irgendetwas von Karoliina zu erzählen. Sie konnte nicht verraten, was im Hotel geschehen war, bevor sie erfahren hatte, wer der Schütze gewesen war und warum man Karoliina ermordet hatte.

»Uns geht es gut hier«, sagte Sofia versöhnlich, denn dass Samuels Ton streitsüchtig geklungen hatte, war niemandem verborgen geblieben.

»Ich war vorhin im Gewächshaus, da ist alles in Ordnung«, stimmte Alex ein. »Ich zumindest will nicht weg von hier. Ich habe einen guten Job in der Apotheke und einen menschlichen Freund, der mich für ein Geschenk des Himmels hält.«

Didi hatte das Gefühl, dass sie eine Erklärung erfinden musste, die auch die anderen an ihrem Plan beteiligte, aber dafür war eigentlich keine Zeit. Es wäre klug gewesen, auf der Stelle zu gehen, alles hinter sich zu lassen.

»Ich habe so eine Ahnung, dass wir hier nicht mehr sicher sind«, sagte sie. Vielleicht würden die anderen den Worten der Nymphe mit dem Knoten glauben. Auch wenn die Sache mit dem Knoten eine Lüge war. Jetzt auf alle Fälle sprach sie die Wahrheit.

»Was passiert beim nächsten Vollmond, wenn wir von hier weggehen?«, fragte Samuel. »Wir hätten nichts, keine Samen, und du müsstest wieder das Gleiche tun wie beim letzten Mal. Oder bist du so wild auf Abwechslung, dass du genau das willst?«

Didi sah Samuel an und wollte laut schreien, dass sie niemals jemand anderen als ihn wollte, aber Samuels abweisender Blick ließ sie schweigen.

»Naturnymphen sind wie Wetterhähne. Im einen Moment wollen sie das eine, im nächsten was anderes«, meinte Samuel.

Karoliinas Herz war von einem äußerst spitzen Pfeil durchstoßen worden, und Didi hatte das Gefühl, dass Samuels Worte sie genauso schlimm trafen. Sie hatte ihm vertraut, die ganze Zeit gedacht, dass er sie beschützen und immer auf ihrer Seite stehen würde. Aber jetzt hatte er sich verändert.

Didi überlegte kurz. Die Nymphen würden ihr wenigstens glauben.

»Lasst uns abstimmen«, sagte sie. »Ich beuge mich der Mehrheit.«

»Wer will hierbleiben?«, fragte Samuel eifrig und hob die Hand.

Kurz danach tat Sofia dasselbe, dann auch Laetitia und Alexandra. Didi sah sie erschöpft an. Die Nacht war bereits schlimm genug gewesen, jetzt aber fühlte sie sich völlig erschlagen.

»Didi?« Sofia holte sie aus ihrer Gedankenwelt, und Didi hoffte bereits, dass sie ihre Meinung geändert hatte. Dann würden auch die anderen folgen. »Du bist die Nymphe mit dem Knoten. Wir sind hier, weil wir daran glauben, dass wir mit deiner Hilfe frei werden. Aber es ist nicht richtig, wenn du handelst, ohne zu denken, und unnötige Risiken eingehst.«

Didi hatte also falschgelegen. Sie wandte sich noch zu Samuel hin, um Unterstützung zu bekommen, aber auch er lächelte zufrieden. Er schien zweifellos zu glauben, dass er gewonnen hatte. War es reine Rachsucht? Didi konnte nicht glauben, dass ihr Freund so kleinlich war.

»Ich bin müde«, sagte sie. »Ich geh nach oben. Kommst du auch, Samuel?«

»Es ist schon fast Morgen«, antwortete Samuel. »Ich geh nicht mehr schlafen, ich mach mich lieber auf den Weg zur Arbeit.«

9

Haben wir dich enttäuscht?«, fragte Sofia unerwartet, als Didi ihre Tasche packte.

»Natürlich nicht«, antwortete Didi, drehte sich um und umarmte Sofia. Sie konnte den anderen nichts vorwerfen, wenn sie an allen Schwierigkeiten die Schuld hatte.

»Laetitia mag keine großen Veränderungen, und Alex möchte machen, was sie will«, sagte Sofia.

»Und du?«

»Als Kati zu uns kam und sagte, dass sie eine Eskorte für die Nymphe mit dem Knoten bräuchte, habe ich keine Sekunde lang gezögert«, antwortete Sofia. »Wir alle haben die Aufgabe angenommen und schrecken nicht davor zurück. Vielleicht bist du nur von der Rolle, weil es mit dir und Samuel nicht so gut läuft.«

»Nicht so gut?« Didi lachte düster. Sie hatte sich

noch nie so weit von Samuel entfernt gefühlt wie jetzt. Er hatte sich quasi gegen sie gewandt und den anderen Nymphen ihre Fehler aufgezählt.

Andererseits verstand sie ihn in gewisser Weise. Er hatte wirklich viel dafür aufgegeben, um mit ihr zusammen zu sein.

»Wir hätten mehr Aufmerksamkeit erregt, wenn wir plötzlich alle verschwunden wären«, sagte Sofia besänftigend. »Man hätte uns gesucht.«

»Ich muss los«, sagte Didi. Sie wollte nicht weiter über die Sache reden.

»Gehst du wirklich zur Uni?«, fragte Sofia.

»Ja«, antwortete Didi. »Es ist besser, ganz normal weiterzumachen.«

Alles ist jetzt anders und kein bisschen normal, dachte Didi, als sie die Tür zum Vorlesungssaal öffnete. Jemand bedroht uns, und ich war unvorsichtig in jeder Hinsicht. Vielleicht habe ich sogar etwas für immer kaputtgemacht zwischen Samuel und mir … Sie setzte sich zu den anderen Studenten auf ihren Platz und bemerkte erst dann, dass alle den Blick nach vorne richteten.

Auf dem Podest des Saals stand eine große Frau in männlichem Anzug. Sie strich sich gerade die dunklen Haare hinters Ohr und wartete ungeduldig, dass sich auch die letzten zu ihren Plätzen begaben. Neben der

Frau stand ein muskulöser, streng wirkender Mann. Der Dozent für Kunstgeschichte war nirgends zu sehen.

»Ich komme direkt zur Sache«, sagte die Frau mit tragender Stimme und ließ den Blick über den Saal schweifen. »Ich bin Kriminalkommissarin Izabella Szabó und untersuche den Tod von Professor Imre Keresztez. Ich nehme an, dass sich diese Information schon verbreitet hat.«

Es war deutlich, dass nicht alle die Nachricht gehört hatten, denn durch den Saal ging ein Raunen, und einige Studentinnen brachen in Tränen aus. Die Frau schien das nicht zu kümmern.

»Wir gehen von einem Mord aus«, sagte sie.

Didi hatte das Gefühl, dass der Blick der Kommissarin kurz auf ihr liegenblieb. Sie war zusammengezuckt, als sie das Wort Mord gehört hatte. Samuel hatte ihr doch versichert, dass alle möglichen Spuren vernichtet worden waren und der Tod als Selbstmord oder Unfall ausgewiesen worden war. Was war das jetzt? Samuel verriet sie doch nicht!

»Wir möchten mit allen reden, die mit dem Professor in den letzten Tagen zu tun hatten. Vor allem sind wir an denen interessiert, die in der Todesnacht im Tramp-Club waren. Ich bitte all diejenigen, Hauptwachmeister Farkas ihre Namen und Kontaktdaten zu geben. Die Vorlesung findet heute nicht statt. Dankeschön.«

Die Studenten standen auf und sammelten ihre Sachen zusammen. Einige gingen zu dem Polizisten, die anderen verschwanden leise aus dem Saal. Didi wäre ihnen gerne gefolgt, sie war sich aber sicher, dass man sie im Club gesehen hatte. Wenn sie sich jetzt nicht meldete, wäre das verdächtig. Sie musste also zu Farkas gehen und stellte sich in die Schlange.

»Bist du Destinie Doulloin?«, fragte eine harte Stimme neben ihr.

Didi ahnte, dass Kommissarin Szabó das nicht wirklich fragen musste. Sie versuchte, ruhig zu bleiben, als sie sich umdrehte und den Blick der Frau erwiderte.

»Die bin ich«, antwortete sie. »Ich war im Club.«

»Ja, man hat dich gesehen. Man hat ebenfalls gesehen, wie du mit dem Professor weggegangen bist. Du warst angeblich in einem ziemlich schlechten Zustand.«

Didi versuchte, die Nerven zu behalten. Die Frau schien bereits jetzt zu viel über sie zu wissen, und da sie dicht neben ihr stand, fühlte sie sich wie eine Reisetasche, die durchleuchtet wird. Sie versuchte, nichts zu denken, damit die Kommissarin nicht in ihren Kopf sehen konnte.

»Ich habe nach der Prüfungswoche ein wenig zu viel getrunken«, sagte Didi und lachte leicht auf. »Der Prof hat mich an die frische Luft gebracht.«

»Das ist alles?«, wunderte sich die Kommissarin. »Er hat ein betrunkenes Mädchen alleine draußen stehen lassen?«

»Mir ging es gleich wieder besser, ich habe keine Hilfe benötigt«, lieferte Didi als Erklärung hinterher. »Ich habe ein paar Bekannte getroffen und bin mit ihnen nach Hause gegangen.«

Hauptkommissarin Szabó lächelte ruhig, als wäre die Erklärung völlig zufriedenstellend. Didi seufzte innerlich vor Erleichterung auf. Es waren doch so viele vor Ort gewesen. Szabó hatte keinen Grund, ausgerechnet sie ins Visier zu nehmen. Die Kommissarin beugte sich zu Didi hin, die erwartete, nun gehen zu dürfen.

»Wer bist du?«, fragte Izabella Szabó.

»Destinie Doulloin …«

»Destinie, es gibt keinerlei Informationen zu dir vor dem Zeitpunkt, als du hier in Budapest aufgetaucht bist«, sagte die Kommissarin fast flüsternd. »Das Sekretariat wartet noch immer auf deine Studienleistungen aus Montpellier.«

Didi wollte schon etwas dazu sagen, wie leicht doch Papiere verschwanden, wie langsam die ungarische Bürokratie war, spürte aber plötzlich, wie die Kommissarin sie am Arm packte und ein wenig zur Seite nahm. Sie wollte Widerstand leisten, konnte aber nicht.

»Du solltest wissen, dass ich äußerst sorgfältig und

gründlich bin«, sagte die Kommissarin. »Das ist Teil meiner Arbeit. Ich untersuche und recherchiere so lange, bis ich alles klar vor mir sehe. Mag sein, dass deine Papiere oberflächlich gesehen alle in Ordnung sind, aber ich bezweifle sehr, dass du die bist, die du vorgibst zu sein. Und wenn ich an etwas zweifle, dann arbeite ich so lange, bis die Sache geklärt ist, ob zu deinem Vorteil oder nicht.«

Didi zitterte. Vor dieser Frau wollte sie keine Schwäche zeigen, aber sie fühlte sich jetzt wie ein Tier, das in die Falle gegangen war. Sie musste schnell weg von hier! Die Kommissarin war allerdings noch nicht fertig.

»Glaub ja nicht, dass ich eine ganz normale Polizistin bin. Mein Instinkt sagt mir, wenn etwas nicht stimmt. Du riechst geradezu danach, als hättest du etwas zu verbergen.«

Didi war wie gelähmt. Selbst wenn sie gewollt hätte, sie hätte nicht mehr fliehen können. Ihre Beine trugen sie einfach nicht mehr. Sie konnte der Kommissarin nur in die Augen starren. Dann war Izabella Szabó wohl der Meinung, ihr genug Angst eingeflößt zu haben, denn sie wandte sich abrupt ab und sprach mit ihrem Kollegen, ohne sich weiter um Didi zu kümmern.

Didis Beine hörten auf zu zittern, aber sie war völlig durcheinander. Man verdächtigte sie nicht unbedingt des Mordes, aber Szabó würde sicher nicht lockerlassen, bevor nicht klar war, wer sie war. Didi überlegte, ob sie Kati kontaktieren und fragen sollte, wie wasserdicht ihre Geschichte eigentlich war. Sie ging langsam aus dem Saal und setzte sich auf die Treppenstufen vor der Universität. Dankbar hielt sie ihr Gesicht in die wärmenden Sonnenstrahlen. Die Kommissarin hatte ihr Gänsehaut gemacht. Sie lehnte sich zurück, ließ sich mit dem Rücken gegen die alten Steintreppen sinken und wünschte, sie könnte hierbleiben und alles vergessen. In den letzten Tagen hatte eine Wolke über ihrem Kopf gehangen, und es wurden immer mehr. Imres Tod, Karoliinas Ermordung, Samuel … Was sie bei Verstand hielt, waren allein die Samen, die im Gewächshaus im Hof reiften. Mit ihrer Hilfe würden Samuel und sie wieder zusammenfinden. Mit Samuels Kraft würde sie durchhalten.

»Du siehst nachdenklich aus«, sagte eine Männerstimme. Daniel ließ sich neben ihr auf den Stufen nieder. Er aß ein Eis und bot auch Didi davon an, aber sie schüttelte den Kopf.

»Die Polizei war wegen Keresztez in der Vorlesung«, sagte Didi. »Ich kapier nicht, dass er tot ist. Und diese Polizistin war ziemlich unfreundlich zu allen.«

»Feingefühl ist nicht die Stärke meiner Mutter«, erwiderte Daniel.

Didi sah Daniel verwirrt an, der aber lächelte nur

und verschlang sein Eis mit ein paar Bissen. Erst dann verstand er Didis Blick.

»Ach so, wusstest du nicht, dass die große Kommissarin Szabó meine Mutter ist?«, fragte er und fing an, schallend zu lachen.

»Ihr seid sehr unterschiedlich«, bekam Didi als Antwort heraus.

»Stimmt, aber meine Mutter ist auch gar nicht so furchtbar, wenn man sie kennt«, versicherte Daniel. Er nahm eine von Didis roten Locken und drehte sie, als wäre es das Natürlichste auf der Welt.

»Hast du meine grandiose Rocklyrik gelesen?«

Didi begnügte sich damit, zu nicken. Sie konnte Daniel nicht fragen, wie er in ihren Kopf gelangt war. Und das Gemälde, das Karoliina ihr gezeigt hatte, war ein ebensolches Rätsel. Sie hatte etwas über die Pygmalion-Sage gelesen, aber nie das Gemälde gesehen. War es dennoch heimlich in ihr Unterbewusstsein gedrungen und hatte sie sich die Geschichte über die Statue und den Satyr zusammengesponnen? Sie hätte weiter überlegt, aber Daniel zupfte sie am Haar.

»Was geht denn immer in deinem Kopf vor?«, fragte er und sah sie mit seinen leuchtenden dunklen Augen an.

»Du bist ein wandelndes Mysterium. Ich verstehe dich nicht.«

»Das einzige Mysterium hier ist, wie man ein ganzes Eis mit zwei Bissen verschlingen kann«, sagte Didi und lenkte vom Thema ab. Auf der Treppe in der Sonne ging es ihr besser. Fast normal. Zu flirten gelang beinahe wie von selbst, und wieso sollte sie es nicht genießen?

»Daniel, ich muss los.«

Wieder diese Frau, die mich erstarren lässt, dachte Didi und kniff die Augen zusammen, um besser sehen zu können. Der Schatten der Kommissarin fiel auf sie, und für einen Moment hatte sie wieder Gänsehaut.

»Ich kann dich nach Hause fahren«, fuhr die Kommissarin fort, als gäbe es Didi gar nicht.

Etwas passierte mit Didi. Sie bekam keine Wutanfälle mehr wie früher, wenn sie etwas ärgerte, sondern konnte ihren Zorn anders leiten. Das Reifen zur Nymphe hatte seine Zeit gebraucht, aber jetzt konnte sie ihre Gaben benutzen.

»Ich wollte noch ein bisschen bleiben«, sagte sie und lächelte Daniel an.

»Es ist ein so schöner Tag, und ich habe keine Eile.«

»Ich auch nicht«, sagte Daniel und wandte sich seiner Mutter zu.

»Wir sehen uns dann heute Abend.«

Kommissarin Szabó sah abwechselnd auf Didi und Daniel. Didi brauchte nicht mehr, um zu verstehen, dass diese harte und distanzierte Frau eine schwache Stelle hatte. Das musste sie sich merken. Sie lachte heiter und strich sich mit dem Finger über den Hals. Daniel verfolgte die Geste entzückt, während in Izabellas Augen der Hass zu sehen war.

»Ich muss los«, sagte die Kommissarin. »In einem Hotel im Zentrum hat man die Leiche einer Finnin gefunden. Von einem Pfeil durchstoßen.«

Didi zitterte nicht mehr, als Szabós durchdringender Blick auf sie fiel. Sie lächelte nur weiter Daniel an, der gar nicht zugehört hatte und nicht einmal merkte, dass seine Mutter mit verärgerten Schritten gegangen war.

10

Nachdem sie einen zweifelsohne angenehmen Tag mit Daniel verbracht hatte, war Didi gegen Abend nach Hause gekommen. Allerdings war ihr klargeworden, dass er in sie verliebt war, und sie wollte das Spiel nicht mehr weitertreiben, nicht einmal, um Izabella zu ärgern. Daniel war viel zu nett, um zur Spielfigur zu werden. Außerdem musste sie ihre Beziehung zu Samuel in Ordnung bringen, und da war ein Flirt mit einem anderen alles andere als hilfreich. Die anderen Nymphen waren noch nicht da, und sie beschloss, sich ein Bad einlaufen zu lassen. Die Dusche des alten Hauses funktionierte nur stotternd, so dass baden im warmen Wasser viel verlockender klang. Sie streute die von Alexandra gesammelten Kräuter ins Wasser, und ätherische Düfte stiegen in die feuchte Luft. Am Abend würde sie sich mit Samuel zusammen entspannen. Ein zu tiefer Graben war zwischen ihnen entstanden. Wären sie einander nahe, würde alles wieder in Ordnung kommen. In der Zwischenzeit würden die Samen reifen und wären fertig, wenn auch sie bereit waren. Alex' Kräuter erfüllten ihren Zweck. Als Didi aus der Wanne stieg und sich abtrocknete, war ihre Haut weich und sie glücklich. Aus dem Untergeschoss hörte sie die Stimmen der anderen Nymphen, Samuels allerdings noch nicht. In aller Ruhe suchte sie sich ein mit Spitzen besetztes cremefarbenes Shirt aus, das sie auf dem Flohmarkt erstanden hatte, und einen Rock in derselben Farbe. Darin fühlte sie sich immer federleicht, weil der Stoff sich so schön bauschte. Ihre Haare waren noch ein wenig feucht, als sie nach unten ging, wo bereits fröhliches Geplauder und Geschirrklappern zu hören waren. Der gute Geruch rief Didi in Erinnerung, dass sie den ganzen Tag nichts gegessen hatte. Sie öffnete die Flügeltüren des Esszimmers. Der Tisch war perfekt gedeckt. In den Schüsseln schimmerte wunderschön angerichtetes Gemüse, auf einem Tablett gab es gefüllte Weinblätter, luftgetrockneten Schinken und eine Art Dinkelsalat, dazu eine große Glaskanne mit rubinroter Sangria. Überall standen Kerzen, und die Kristallgläser, die von Laetitia sorgfältig poliert worden waren, warfen Lichtpunkte an Wand und Decke.

»Sollen wir abmachen, dass niemand heute Abend

das Wort Gulasch benutzt?«, fragte Alex und stellte einen Brotkorb auf den Tisch.

»Ungarn hat gute Seiten, aber heute essen wir nichts, was von hier kommt. Ich hab schon eine Gulasch-Überdosis von der Bar neben unserer Apotheke.«

Auch Laetitia und Sofia kamen ins Esszimmer, verteilten Teller, und alle aßen eifrig von den aufgetischten Speisen.

»Sollten wir nicht auf Samuel warten?«, fragte Didi.

Die anderen hielten sofort mit dem Essen inne und sahen sich erst sich gegenseitig an und dann Didi.

»Hat dir Samuel nicht gesagt, dass er nach der Arbeit mit ein paar Kumpels ausgeht?«, fragte Sofia.

»Samuel hat doch gar keine Kumpels«, erwiderte Didi.

»Er hat von einem Raoul und einem Henry gesprochen, als er zum Umziehen hier war«, murmelte Laetitia.

Didi war die gute Laune vergangen. Dann aber sah sie in den Gesichtern der anderen, wie sehr sie sich auf diesen Abend gefreut hatten, und wollte sie nicht enttäuschen.

»Na gut, dann sind wir unter uns«, sagte sie ein wenig zu munter und streckte sich, um sich Salat auf den Teller zu schaufeln. Das entspannte die Situation. Ein wenig später hatte Didi das Gefühl, dass es tatsächlich besser war, dass sie einen Abend ohne Samuel verbrachten. So war die Stimmung viel befreiter, und keine von ihnen musste aufpassen, was sie sagte. Sie war gerade dabei, sich Hühnchen zu nehmen, als ihr etwas auffiel.

»Laetitia, du hast dir die Haare geschnitten!«

»Darüber hatten wir schon eine kleine Diskussion«, sagte Alex und sah Laetitia leicht schief an, deren Gesicht sofort rot anlief.

»Unsere kleine Tia hat einen netten Jungen kennengelernt, aber der Junge mag Mädchen mit kurzen Haaren.«

Didi dachte an die langen, kastanienbraun glänzenden Haare der Nymphe, die die Friseurin zusammengefegt hatte. Natürlich war Tia mit ihren großen Augen auch jetzt süß, und die Haare würden wieder wachsen, aber Didi konnte sich nicht daran erinnern, so verliebt in einen Jungen gewesen zu sein, dass sie ihr Äußeres für ihn verändert hätte.

»Zum Glück hat Samuel mich nie um so etwas gebeten«, sagte Didi lächelnd und wartete darauf, dass die anderen mit einstimmten. Die Nymphen allerdings aßen schweigend weiter.

»Was ist denn jetzt?«

»*Du* bittest dafür Samuel um vieles«, rückte Alex heraus.

»Deshalb hat er auch keine Freunde. Männer brauchen die Gesellschaft von anderen Männern, genau wie wir uns brauchen. Eine Nymphe allein ist eigentlich keine Nymphe.«

Didi hätte sich fast an einem Salatblatt verschluckt und musste erst einmal einen großen Schluck Sangria trinken. Alex hatte den Nagel auf den Kopf getroffen.

»Überlegt mal, ihr drei seid alle mit Menschen zusammen, beziehungsweise Tia fast«, rief Sofia, um die Stimmung aufzulockern.

»Bald bin ich es, die hier alleine und verlassen rumsitzt.«

Die anderen beeilten sich, um der »alten Jungfer« Sofia überschäumend ihr Beileid zu bekunden, und bald schon lachten die Nymphen aus vollem Herzen.

»Ich finde nicht einmal einen netten Satyr«, meinte Sofia mit Lachtränen in den Augen, aber dann wurde die Stimmung plötzlich ernst. Lange hatte niemand mehr die Satyrn erwähnt. Es war, als ob die Wohnung der Nymphen ein geschützter Raum wäre und die Welt der Satyrn nur außerhalb dieser Wände existierte.

»Du liebst Samuel«, traute Tia sich schließlich zu sagen.

»Hast du so etwas jemals einem Satyr gegenüber empfunden?«

Didi war verwirrt. Sie war nicht in der Lage, ihre

Gefühle den Satyrn gegenüber einzuordnen; es hatte Momente gegeben, in denen sie wahnsinnige Neugier gepaart mit einer fast unwiderstehlichen Lust verspürt hatte, aber ebenso hatte es Momente gegeben, in denen sie die Satyrn gehasst und gefürchtet hatte. Dennoch hatte sie Nadia geglaubt, wenn sie manchmal erzählt hatte, wie natürlich es war, mit einem Satyr zusammen zu sein.

»Ich habe nie einen Satyr geliebt«, sagte Didi, und die anderen seufzten geradezu auf.

»Ich liebe Samuel. Wenn man liebt, tut man alles für den anderen. Man muss dennoch ehrlich zu sich selbst sein und überlegen, was man selbst will … Und dann muss man auch dafür kämpfen.«

Die Nymphen sagten nichts, sondern hoben die Gläser.

»Egészségedre!«, riefen sie alle zusammen.

Die Stimmung war zu ernst geworden, also stand Sofia auf und sah sich um.

»Da dies ein Abend nur für Nymphen ist, müssen wir wohl nicht mit dem Nachtisch warten!«, befand sie. »Her mit den Leckereien!«

»Haben wir einen jungen Mann im Angebot?«, fragte Tia, selbst überrascht von ihrem Mut, und wurde wieder rot, was alle zum Lachen brachte.

In den frühen Morgenstunden fuhr Didi aus dem Schlaf. Dann kapierte sie, dass der Mann, der neben sie geplumpst war, Samuel war. Er roch nach Alkohol und nach fremden Menschen, auch nach Frauen. Didi kochte innerlich, zwang sich aber, ruhig zu atmen. Lange und tiefe Atemzüge, mehrmals hintereinander. Mit dem betrunkenen Samuel einen Streit anzufangen, war nicht erstrebenswert, vor allem nicht, wenn man gerade vorhatte, alles wiedergutzumachen.

Didi spürte, dass Samuel sofort in Tiefschlaf verfallen würde, deshalb hatte sie das Gefühl, etwas sagen zu müssen.

»Wo warst du?« Sie versuchte, die Frage möglichst natürlich klingen zu lassen, fast fröhlich. Sie wollte nicht, dass Samuel das Gefühl hatte, verhört zu werden.

»Mit Kumpels unterwegs«, murmelte er und lächelte leicht. Er hatte eindeutig Spaß gehabt.

»Die kenne ich wohl nicht, oder?«

»Raoul, Henry, Greta, Agnes …« Samuel verstummte. Vielleicht kapierte er in seiner Verneblung, dass er zu viel gesagt hatte.

»Hauptsache, du hattest Spaß«, sagte Didi kurz darauf.

Sie spürte in der Dunkelheit des Schlafzimmers, wie Samuel ruhig wurde. Sie zog ihn an sich.

»Das hast du dir verdient.«

»Jetzt sind wir aber nett«, stammelte Samuel.

»Du solltest dankbar sein.« Jetzt lächelte auch Didi. »Wäre ich Kati, hätte ich dir schon einen Dolch durch die Beine gestoßen und dir erzählt, was deinen Hoden passiert, wenn du noch mal eigene Wege gehst.«

»Ich bin so dankbar, dass du nicht so bist«, sagte Samuel, suchte mit den Lippen Didis Hals, schlief dann aber ein.

Didi wusste, dass sie nicht mehr einschlafen konnte. Samuels Lippen und sein leicht stoppeliges Kinn an ihrem glatten Schlüsselbein hatten sie bereits elektrisiert, und noch dazu hatte sie andere Dinge im Kopf. Wenn Samuel erfahren würde, dass sie mit Karoliinas Tod zu tun hatte und dass sie das Geschehene verheimlichte, wäre die Stimmung zwischen ihnen noch angespannter. Und Didi brauchte Samuel, jetzt vielleicht mehr als je zuvor. Sie wartete, bis er im Tiefschlaf war, und stand dann leise auf. Bereits mehrmals an diesem Abend hatte sie ein merkwürdiges, unangenehmes Gefühl überkommen, das sie gerne loswerden wollte. Sie würde nach der Königin der Nacht sehen. Das beruhigte sie immer.

Im Wohnzimmer des Untergeschosses brannte allerdings noch Licht, und Sofia kam an die Tür, um zu sehen, wer gekommen war.

»Ich lese noch«, sagte sie und legte ein schweres, spanischsprachiges Werk aus den Händen.

»Gut, ich wollte sowieso etwas mit dir besprechen, was die anderen nicht unbedingt mitbekommen müssen«, sagte Didi. Dann erzählte sie Sofia detailliert, was an der Uni passiert war und wie sie erfahren hatte, dass Izabella Daniels Mutter war.

»Diese Izabella kann uns gefährlich werden. Mein Instinkt sagt mir, dass zwischen ihr und Daniel eine ziemlich negative Grundstimmung herrscht, auch wenn er ihr wichtig ist. Wir müssen herausbekommen, was da los ist, denn wir brauchen etwas, was uns nützlich sein könnte, wenn es hart auf hart kommt. Du solltest dich an Daniel ranmachen.«

»Du hältst dir den Rücken frei«, sagte Sofia.

»Das habe ich von Kati gelernt«, stellte Didi fest und beließ es dabei. Sie wollte nicht zugeben, wie oft Kati recht gehabt hatte. Gerne hätte sie Samuel damit gedroht, ihn zu enterben, wenn er noch einmal mit Fremden losziehen würde.

»Und jetzt gehe ich ins Gewächshaus. Etwas nagt schon den ganzen Tag an mir, und ich will sehen, was die Blumen machen.«

Die Nymphen gingen durch die großen Glastüren in den Hof, und Sofia betrachtete den blauen Nachthimmel. Didi aber brach sofort zusammen. Es roch unbeschreiblich schlecht. Sie richtete sich mühevoll auf und rannte zum Gewächshaus. Sofia blieb ihr dicht auf den Fersen. An der Schwelle zum Gewächshaus blieb Didi stehen, als hätte sie einen Schlag ins Gesicht bekommen. Der Anblick war entsetzlich. Die Königin der Nacht war von einem graugrünen Spinnennetz bedeckt. Die Pflanzen lagen auf dem Boden, die Knospen geöffnet, aber daraus kamen keine Blüten, sondern eine gelbliche, eiterähnliche Flüssigkeit. Der Geruch stieg Didi tief in die Nase. Sie spürte den Schmerz jeder einzelnen Blume. Sie waren gefoltert worden und litten, und wäre sie in der Lage gewesen, dann hätte sie aufgeschrien. Aber ihre Stimmbänder schienen gelähmt. Sie trat einen Schritt zurück und weinte. Es würde keine Samen geben. Es würde keine Hilfe kommen. Auch beim nächsten Vollmond wäre sie ohne Rettung. Der Schock war so groß, dass Sofia sie ins Haus bringen und ihr die Treppe hoch zum Schlafzimmer helfen musste, wo Samuel ahnungslos schlief. Auch er war in Gefahr.

Immer wieder bringe ich ihn in Gefahr, dachte Didi und ließ den Tränen freien Lauf.

11

Nadia **befand sich wieder** im Aufzug der Zentrale von Pharcel, auf dem Weg in das Allerheiligste. Kaum dass sie Warre den Projektplan überbracht hatte, war die Einladung schon gekommen, wieder durch eine distanzierte Assistentin. Nadia konnte nicht recht entscheiden, ob diese Schnelligkeit etwas Gutes oder Schlechtes bedeutete, und war äußerst nervös.

Alles lief ab wie beim ersten Mal. Die Frau blieb im Aufzug, und Nadia betrat die in dunklen Tönen gehaltene Etage. Büro konnte man das beim besten Willen nicht nennen. Es war wie ein enormes Appartement mit allen Annehmlichkeiten und bot natürlich den besten Blick auf Genf. Diesmal stand Warre allerdings sofort auf und kam Nadia entgegen. Er hielt eine gewisse Distanz und gab ihr nicht die Hand, wies sie aber wieder auf denselben Sessel. Jetzt goss er sogar Mineralwasser in Gläser, die sie aber beide nicht anrührten. Nadia war sicher, dass sie das Zittern ihrer Hand nicht so sehr unter Kontrolle halten konnte, dass das schöne, rauchgraue Glas heil geblieben wäre. Sie legte die Hände in den Schoß und versuchte, ruhig auszusehen. Sie wartete. So weit war sie gekommen. Warre wollte ihr jetzt sicher detailliertere Fragen stellen, und sie musste klug darauf antworten. Dann, wenn tatsächlich etwas in Gang käme, läge noch ein langer Prozess mit Experten und Juristen vor ihr. Warre würde kein einziges rechtliches Schlupfloch lassen oder sich durch mögliche Klagen angreifbar machen.

»Ich habe deinen Plan gelesen«, sagte Warre mit Nachdruck. »Pharcel finanziert die Forschung von Anfang bis Ende, aber im Vertrag wird stehen, dass alle Ergebnisse und die auf deren Grundlage zu entwickelnden Produkte Eigentum von Pharcel sind.«

»Natürlich«, antwortete Nadia und schluckte. Sie traute ihren Ohren nicht.

»Ich besorge für dich Mitarbeiter aus dem Haus. Du wirst zur Forschungsleiterin ernannt, und ich erhöhe dein Gehalt entsprechend«, fuhr Warre fort.

»Außerdem haben wir weitere Prämiensysteme, aus denen du dir etwas aussuchen kannst. Ich möchte, dass das Projekt unverzüglich in Gang gesetzt wird, deshalb haben wir ein komplettes Stockwerk für deine Gruppe räumen lassen. Nur ihr werdet Zugang dazu haben. Und ich natürlich. Ihr müsst zudem eine Verschwiegenheitsverpflichtung unterschreiben. Ich will hinsichtlich der Konkurrenz einen deutlichen Vorteil. Meines Wissens – und ich habe viele Quellen – hat niemand von ihnen etwas Entsprechendes in Arbeit.«

Als Warre begonnen hatte, hatte Nadia den Atem angehalten, jetzt aber bewegte sich ihre Brust bereits wieder ruhig. Alles würde in Ordnung kommen. Sie würde ihre Arbeit verrichten können, und noch dazu unter erstklassigen Umständen. Sie sah Warre dankbar an.

»Der Name des Projekts wird Amrita sein.«

Nadia hob die Augenbrauen. Warre war wirklich gut. Amrita, das bedeutete Unsterblichkeit. Es war der Nektar, der sie erzeugte.

»Wie klingt das?«, fragte er.

»Gut.« Mehr bekam Nadia nicht heraus. Sie hätte nicht im Traum gedacht, dass alles so einfach sein würde. Sie stand auf.

»Noch kannst du nicht gehen«, meinte Warre dermaßen barsch, dass Nadia sich wieder setzte. Ihr Blick suchte die Aufzugstür, aber dahin kam sie erst einmal nicht. Warre selbst ging zu seinem Schreibtisch und drückte irgendwelche Knöpfe. Sämtliche Glasflächen wurden dunkel, und plötzlich schien es, als wäre Nacht.

Nadias Herz schlug schnell. Was wollte Warre von ihr? War ihr heimliches Projekt doch aufgeflogen, und das hier war nur ein Test, mit dem Warre sie quälte?

»Dein Projektplan ist glänzend«, sagte Warre. »Es steckt so viel Leidenschaft darin. Ich nehme an, dass er nicht nur entstanden ist, weil er dir finanziellen Nutzen bringt oder du deinen Forscherdrang befriedigen willst.«

»Ich will Frauen helfen …«

»Was will Nadia Rapaccini wirklich?«

Nadias Augen weiteten sich. Woher wusste Warre ihren Namen? War sie direkt in eine Falle getappt?

»Wie gesagt, ich habe meine Quellen«, fuhr Warre fort. »Ich bin bereits früher auf deinen Namen gestoßen und habe noch dazu gehört, dass in Helsinki merkwürdige Dinge passiert sind, während du dort gearbeitet hast.«

»Sie irren sich bestimmt in der Person«, sagte Nadia, vermutete aber, dass ihre Erklärungen nutzlos waren. »Ich bin Nadia Baglione, ich bin …«

»Du bist eine Nymphe.«

Jetzt stand Nadia auf. Sie musste weg von hier. Zu viel stand auf dem Spiel.

»Entschuldige.« Warres Stimme war plötzlich beruhigend, fast flehend, und Nadia drehte sich um, um ihn anzusehen. War sein Blick aus den wolfsgrauen

Augen zuvor forschend gewesen, so sagte er Nadia nun etwas.

»Ich presche zu schnell nach vorne«, sagte Warre und kam zu ihr. Er reichte ihr beide Hände. »Vielleicht erklärt das den Grund.«

Nadia griff vorsichtig nach den Händen. Sie holte Atem. Das Gefühl lief durch ihre Handgelenke, sie spürte ihren Puls und und etwas ganz anderes, als sie erwartet hatte.

»Du bist krank«, sagte Nadia leise. »Du bist todkrank.«

Warre nickte. Er wartete, bis Nadia den Griff langsam löste.

»Niemand weiß davon«, sagte er nach einer Weile. »Nur ein Arzt und eine Krankenschwester mit Spezialausbildung, die beide alte Freunde aus meiner Studienzeit sind. Ich habe akute myeloische Leukämie. Sie war schon im Stadium der Remission, dann kam aber ein Relaps, und wie du sicher weißt, ist der Zustand jetzt kritisch. Ich habe alle traditionellen und experimentellen Behandlungen durch, aber keine hat geholfen … Ich bin ein Geschäftsmann und Forscher, leugne aber dennoch nicht die Existenz einer anderen Welt und war immer an Mythen interessiert. Dann habe ich durch meine Arbeit bestimmte Dinge beobachtet und bin unter anderem dir auf die Spur gekommen.

»Wer weiß von mir?«, fragte Nadia.

»Niemand«, antwortete Warre. »Kannst du mir helfen?«

Die Worte, die der mächtige Konzernchef aussprach, hatten dieselbe Wirkung, als wäre er vor Nadia auf die Knie gegangen.

»AML ist eine schwerwiegende Krankheit«, sagte Nadia und griff erneut nach Warres Hand. Sie wartete, bis die Empfindung wieder durch sie hindurchfloss, und schloss dann die Augen. Mehrere Minuten standen sie Hand in Hand. Dann ließ Nadia los.

»Ich weiß nicht. Vielleicht kann ich das Voranschreiten der Krankheit verlangsamen, aber ich bin mir nicht sicher, ob ich dich heilen kann. So viel Macht wie früher habe ich vielleicht nicht mehr.«

»Das reicht mir erst einmal«, erwiderte Warre. »Die Frage ist jetzt: Hilfst du mir, wenn ich dir helfe? Ich glaube nämlich nicht, dass du nur kommerzielle Medizin entwickeln willst. Aber ich will auch gar nicht wissen, was du eigentlich vorhast. Ich frage dich nur: Hilfst du mir?«

Das erste Mal seit langem bemerkte Nadia, wie sich eine Empfindung löste, die sich in ihr festgesetzt hatte. Sie war sich nicht sicher, ob es Mitleid oder Mitgefühl war, aber ihre Haut erwärmte sich, und ihr Herz schlug.

»Ich helfe dir«, antwortete sie schlicht. »Ich brauche …«

»Komm und schau«, unterbrach sie Warre.

Erst jetzt bemerkte Nadia, dass hinter einigen großen Topfpflanzen eine Wendeltreppe versteckt war. Warre führte sie hinab in sehr privat wirkende Räume und schließlich zu einer Tür, vor der er stehen blieb.

»Entschuldige, dass ich ein wenig zu feierlich bin, aber auf diesen Moment habe ich gewartet«, sagte Warre und öffnete die Tür. Im Zimmer ging sofort eine schöne, schwache Beleuchtung an. Nadias Augen brauchten eine Weile, um sich daran zu gewöhnen, dann aber atmete sie tief ein. Sie hatte das Gefühl, nach Hause gekommen zu sein. Das Zimmer hatte einen Natursteinboden, in gleichmäßigen Bächen floss Wasser aus mehreren Quellen in eine mit türkisen und durchsichtigen Fliesen besetzte Wanne, zu der man einige Schritte nach oben gehen musste. Die Wände waren von asiatischen Mosaiken und Grünpflanzen bedeckt, und von der Decke hingen große Orchideenampeln. Die Luft war warm und feucht.

Genau das habe ich vermisst, hörte Nadia eine Stimme in ihrem Inneren. Sie ging zur Wanne und schöpfte mit der Handfläche Wasser, das sie wieder zurückfließen ließ. Das Wasser war weich, samtig wie aus einem norditalienischen See. Erst jetzt wurde Nadia bewusst, dass Warre sie aufmerksam beobachtet hatte.

»Woher wusstest du das?«, fragte sie.

»Ich habe meine Phantasie und meinen Geldbeutel spielen lassen«, antwortete Warre und schien die Frage nicht richtig verstanden zu haben.

»Wie wusstest du von mir?«

»Ich habe vor einigen Jahren ein Schloss in Italien erstanden«, sagte Warre. »Es war im Prinzip eine Ruine. Eine alte Adelsfamilie hatte es sich schon lange nicht mehr leisten können, es instand zu halten … In der Bibliothek des einstigen Schlossherrn, eines Barons, habe ich interessante Bücher gefunden, die ich mir zum Vergnügen angesehen habe. Dann bin ich auf ein Regal hinter einer Geheimwand gestoßen, in dem die Tagebücher des Barons versteckt waren. In einem davon stand, wie er als kleiner Junge gelähmt war, dann aber in die heilenden Hände einer Wassernymphe geraten war. Ich hielt das für völligen Unfug, erfuhr dann aber von weiteren Vorkommnissen und begann mit der Detektivarbeit. Die Spuren brachten mich zu dir.«

Nadia lauschte der Geschichte. Sie erinnerte sich an einen Jungen, den sie nicht hatte sterben lassen können, und an einen Baron, in dessen Dienst sie geraten war. Sie sah Warres erwartungsvollen Blick.

»Kann ich also annehmen, dass du das hier akzeptierst?«, fragte er leise. »Nimmst du es an?«

Nadia hatte umgehend ihre Kleider ausgezogen. Warre blickte zunächst ein wenig zur Seite, aber Nadia fand es schwierig, schüchtern mit ihrer Nacktheit umzugehen. Sie ließ sich im warmen Wasser nieder, das sie aufnahm, trug und wiegte. Sie konnte sich nicht erinnern, wann sie zuletzt eine so vollkommene Ruhe gespürt hatte. Sie fühlte sich wie ein klarer Bergsee.

»Zieh dich aus«, sagte sie zu Warre.

Er zögerte kurz, zog dann aber langsam seine engen Nadelstreifenhosen und sein Hemd aus. Nadia sah die Läsionen auf seiner Haut. Er sah Nadia an, die nickte, worauf auch er in die Wanne stieg. Nadia presste die Hände auf die Brust des Mannes und spürte, wie dieser von dauerhaften Schmerzen gequält wurde. Es war ein Rätsel, wie Warre sie ertragen konnte, ohne jemanden davon wissen zu lassen. Nadias Finger tasteten sich zum Hals des Mannes, dann zu seiner Aorta, und schließlich drückte sie sich an ihn. Warre schloss die Augen.

»Was soll ich tun? Darf ich dich berühren?«, fragte er mit rauer Stimme.

»Heute tust du nichts«, antwortete Nadia leise. »Lass mich dich hören, wenn ich dich in mir aufnehme.«

Nadia setzte sich auf Mathias Warres Schoß und

führte sein Glied an die richtige Stelle. Warre stöhnte, während Nadia sich langsam bewegte. Sie bewegte den Kopf von einer Seite zur anderen und ließ sich von Warres Körper alles Notwendige erzählen. Erst dann presste sie die Lippen auf Warres Mund und küsste ihn innig. Lange hatte sie keinen Mann mehr küssen wollen.

»Kann ich daran sterben?«, fragte Warre.

»Nein, ich beherrsche meine Kräfte. Ich helfe dir, und du hilfst mir«, sagte Nadia und wiegte sich mit ihm im Plätschern des Wassers. »Und das ist unser Geheimnis.«

Auf der Taxifahrt nach Hause lächelte Nadia. Etwas, das ihr entzogen worden war, kehrte wieder zurück und hatte ein Gefühl erweckt, das sie nicht erwarte hatte. Sie war so empfindungslos gewesen, dass sie nicht einmal mehr an ihre eigenen Heilungsfähigkeiten geglaubt hatte, geschweige denn an ihre Lust, etwas heilen zu wollen. Es war unmöglich zu sagen, ob Warre solche Gefühle in ihr geweckt hätte, wenn sie nicht ihre persönlichen Interessen im Kopf gehabt hätte. Nichtsdestotrotz war der Raum mit der Badewanne, den Warre hatte bauen lassen, unglaublich schön. Er hatte all ihre Sinne angesprochen.

Das Taxi hielt vor Nadias Doppelhaus. Sie hatte

beide Hälften gekauft, um sich ihr Leben auf die beste Weise einrichten zu können. Sie bezahlte, nahm Tasche und Jacke und ging zur Tür. Als sie nach den Schlüsseln tastete, erschrak sie. Auf der Veranda stand jemand.

»Da bist du ja«, hörte sie Katis Stimme, und dann trat Kati in den Lichtschein der Veranda. Ihr folgte Matilda, die etwas verschlossen wirkte. »Wir dachten, wir kommen zu Besuch, weil wir nichts von dir gehört haben.«

»Ich wollte anrufen«, beeilte sich Nadia zu erklären, wurde aber sauer dabei. Sie ärgerte sich über sich selbst, weil sie die Dinge mit Kati nicht geklärt hatte, und sie ärgerte sich über Kati, weil sie ohne jegliche Voranmeldung gekommen war.

»Matilda, du bist groß geworden.«

»Leck mich am Arsch«, erwiderte Matilda.

»Du darfst dich glücklich schätzen, dass sie keine scharfen Waffen trägt«, sagte Kati ohne den Hauch von Ironie. »Lässt du uns rein oder nicht?«

Nadia spähte in Richtung Fenster. Es war kein Licht zu sehen. Sie beschloss, die Tür der anderen Doppelhaushälfte zu öffnen.

»Ihr habt sicher ein Hotel?«, fragte sie, während sie Licht machte.

»Hier ist es ziemlich asketisch, und ich habe auch keine Betten für euch.«

»Wir finden schon einen Platz«, sagte Kati und betrat mit ihren Tüten das Haus, während Matilda einen großen Koffer hinter sich her zog.

Nadia verfolgte Katis Blick, als diese die kleinere Hälfte des Hauses schnell in Augenschein nahm. Und sie hinderte Kati auch nicht daran, die Tür des zweiten Schlafzimmers zu öffnen.

»Aha, du hast deine alte Beschäftigung also nicht aufgegeben«, meinte sie, als sie die Laborgeräte und Tierversuchskäfige betrachtete, in denen sich ein paar Kaninchen und Mäuse befanden.

»Woran arbeitest du?«

»Du weißt doch, dass ich verschiedene Extrakte entwickle, mit denen ich behandele«, erwiderte Nadia.

Kati beachtete sie nicht mehr weiter, denn Matilda stampfte bereits durch das Haus.

»Nicht mal einen Fernseher gibt es hier!«, rief sie. »Hier bleiben wir ja wohl nicht? Ich dachte, wir seien in eine richtige Stadt gefahren, aber das hier ist irgendein scheiß Vorort! Ich will ins Hotel!«

»So viel zu meinem jetzigen Leben«, meinte Kati. »Wir mussten verreisen, Tammisaari wurde nach den Aktionen des Fräuleins ein wenig eng. Jetzt behauptet sie, sie sei reif, um eine Nymphe zu werden …«

Katis Klage wäre noch länger geworden, wäre nicht von irgendwoher ein merkwürdiges, leicht schniefendes Geräusch gekommen. Nadia zuckte zusammen. Dann wurde ihr klar, woher es kam, und sie versuchte, sich zwischen Kati und das Gerät zu stellen, aber Kati drängte sie zur Seite. Sie starrte auf das Babyphone, aus dem gerade ein zartes, aber forderndes Schreien kam.

»Schsch«, war die Stimme eines jungen Mädchens zu hören. »Mama kommt bald.«

Kati sah Nadia fragend an, die den Blick trotzig erwiderte.

»Wer ist das?«, fragte Kati.

»Gasparo«, erwiderte Nadia.

»Ein kleiner Jesper. Das hätte ich mir doch denken können!«

12

Immer **wieder hatte Didi** das Gefühl, dass der Geruch der verwesenden Pflanzen sie überall hin verfolgte; abhängig davon, wie sie sich bewegte, wurde er stärker und schwächer. Sie wäre am liebsten an Ort und Stelle stehengeblieben, damit die Beklemmung ein Ende nahm, doch sie war jetzt ihr ständiger Begleiter. Didi schloss die Augen und sah den roten Fleck, der sich über Karoliinas Shirt ausbreitete. Sie versuchte zu lächeln und erinnerte sich dann an Samuels verletzende Worte. Dennoch hatte sie das Gefühl, dass alles wieder beim Alten wäre, wenn sie sich nur für einen Augenblick an Samuel drücken könnte. Samuel aber war tabu. Sie konnten sich nicht berühren. Es fühlte sich falsch an, im selben Bett zu liegen, so als läge zwischen ihnen ein scharfes Schwert, so dass auch nur die kleinste Berührung denjenigen, der die Grenze überschritt, das Leben kostete. Sie hielten Abstand voneinander bei allem, was sie taten, auch wenn sie im Beisein der anderen Nymphen versuchten, möglichst normal zu wirken. Aber Didi sah Samuel zu, wie er den Tisch deckte oder lachend Karten mit Tia spielte, die absolut kein Pokerface hatte, und der Gedanke, dass Samuel sich verändert hatte, störte sie. Samuels Gesten waren ein wenig lebhafter, seine Schritte größer …

Vielleicht bilde ich mir das nur ein, dachte Didi. Ich kann ihn nicht haben, deshalb sehe ich ihn in ganz neuem Licht. Oder schlimmer noch: Wenn ich Dinge verheimliche – ernsthafte, die auf uns alle Auswirkungen haben –, woher soll ich wissen, dass Samuel nicht das Gleiche tut? Didi lag auf dem Bett und klickte das Bild des Ölgemäldes auf ihrem Handy an. Sie wäre gerne hineingesprungen und um die Galatea aus Alabaster gegangen, hätte die Hand an dem hellen, glänzenden Stein entlanggleiten lassen und seinem Geheimnis nachgespürt. Karoliina hätte ihr davon erzählen, ihr vielleicht einen Schlüssel zum Rätsel geben können.

Vielleicht kann sie es immer noch, überlegte Didi gerade, als Samuel hereinkam. Und für einen Moment war etwas Bekanntes und Warmes in Samuels Augen, dann aber erkaltete sein Blick und richtete sich auf Didis Bauch, wo sich der Saum der Bluse über dem

Knotenmuster befand. Didi versuchte, die Bluse nach unten zu ziehen.

»Warum sagst du nicht allen, dass du nicht die Nymphe mit dem Knoten bist?«, fragte Samuel und machte die Tür hinter sich zu.

»Warum spielen wir das Spiel noch weiter?«

»Niemand zwingt dich zu bleiben!«, fauchte Didi. Sie hatte ein wenig Anteilnahme von Samuel erwartet, so aber hatte sie das Gefühl, sich verteidigen zu müssen. Sie musste sich beruhigen.

»Niemand weiß, was passiert. Dieses und andere Rudel wollen frei leben. Die Nymphen brauchen Hoffnung, und ich will sie ihnen nicht nehmen.«

»Auch wenn die Hoffnung auf einer Lüge basiert?«

Didi folgte Samuel, der sich das T-Shirt über den Kopf zog und mit nacktem Oberkörper tief einatmete. Nach der Nachtschicht sah er oft müde aus, aber jetzt wirkte er gleichgültig, und das war alarmierend.

»Ist Hoffnung nicht oft auch eine Art Lüge?«, antwortete Didi mit einer eigenen Frage. »Dennoch halten die Menschen sie aufrecht. Und ich hoffe, dass ich eines Tages auf eine Art wichtig sein kann. Ich bin eine normale Naturnymphe, aber gäbe es einen Grund für meine Existenz, und wenn es nur das Aufrechterhalten von Hoffnung ist, dann reicht das schon.«

Didi hätte gerne weitergeredet und Samuel gefragt,

was *er* sich denn wünschte, obwohl ihr die Antwort vielleicht nicht behagt hätte. Sie wandte den Blick nicht von Samuel ab. Sie wollte zeigen, dass sie zusammen alles ertrugen, dass es Hoffnung auf bessere Zeiten gab.

»Ich geh duschen«, sagte Samuel kühl, als meinte er, Didi solle besser aus dem Zimmer gehen, falls sie sich oder ihre Gelüste nicht im Griff hatte.

Didi wurde wütend. Ihr Blut kochte. Eine Berührung von mir und du würdest bewusstlos auf dem Boden liegen! Ein Kuss von mir und du würdest vielleicht kein Morgen sehen! Meine Macht ist größer als die irgendeiner Frau oder irgendeiner Nymphe!

Didi ging einen Schritt nach vorne, geradezu berauscht von diesem Gefühl. Samuel dachte, er sei Herr der Situation, aber das war die dumme Einbildung eines Mannes. Didi konnte mit einem Augenaufschlag alles ändern, ihn verletzten … Das Gefühl der Stärke wurde plötzlich erdrückend. Für einen Moment war sie eine andere gewesen, der sie nicht die Macht überlassen durfte. Sie atmete tief durch, dachte daran, wie sie auf grüne Baumwipfel kletterte und dabei wieder zur Ruhe kam. Glücklicherweise waren ihr wieder Karoliinas Ratschläge in den Sinn gekommen, denn sonst hätte sie vielleicht etwas getan, für das sie nicht die Verantwortung hätte tragen wollen. Jetzt zog sie sich nur betont langsam die Jeans an und ging aus dem Zimmer.

»Nimm eine kalte Dusche«, sagte sie aggressiv.

Aus der Küche war das lebhafte Gespräch der anderen Nymphen zu hören. Diese Alltäglichkeit beruhigte ihr Gemüt. Das war jetzt wichtig, die Rückkehr in den Alltag. Sie nahm ihre Tasche. An der Uni würde sie sich unbemerkt unter die Studenten mischen, in die Vorlesung gehen, schlechtes Mensaessen verdrücken und wenigstens für einen Moment an etwas anderes als an Vorwürfe und Verluste denken.

Für Professor Keresztez war immer ein großer Saal reserviert, und auch jetzt war bereits einiges los. Didi drängte sich durch die Menge und grüßte bekannte Gesichter, während sie einen passenden Platz suchte. Sie mochte die erste erhöhte Reihe und den Platz leicht links von der Mitte und war auf dem Weg dorthin, als sie jemand an der Hand nahm. Daniel lächelte breit. Jetzt, wo Didi erfahren hatte, wer seine Mutter war, wollte sie ihn näher kennenlernen. Bei passender Gelegenheit würde sie Informationen aus ihm und seiner Mutter herausholen, und dann könnte sie mit Sofia beraten, was sie am besten tun sollten.

»Da bist du ja«, sagte Daniel und ließ einen kleinen Papierflieger vor Didi landen, als sie sich gesetzt hatte.

»Wenn da ein Gedicht drin ist, das mich rot werden lässt, kann ich es nicht lesen«, sagte Didi und wunderte sich, wie leicht ihr der Flirt mit Daniel fiel und wie gute Laune sie davon bekam.

»Dann musst du es später lesen«, sagte Daniel schelmisch, kam aber nicht mehr dazu, weiterzusprechen. Die Studenten hatten sich gesetzt, und vorne stand ein ungefähr dreißigjähriger, wohlproportionierter Mann mit gutsitzendem kakaobraunen Anzug, dunkelgrauem Hemd und Krawatte. Sein Blick war wachsam, und er wirkte zielstrebig. Ohne große Mühe hatte er einen Stapel Bücher mit sich getragen, die er auf den Tisch legte. Er wartete noch kurz, dann war es im Saal wie auf Befehl still.

»Den Platz von Professor Imre Keresztez zu füllen ist unmöglich«, sagte er mit normaler Stimme, die aber den ganzen Raum ausfüllte. »Ich bewundere seit Jahren seine Arbeit und seine Begeisterung, die ihn die Geschichte und Kunst immer tiefer hat erforschen lassen.«

Bereits jetzt hatten die Worte bei vielen Eindruck hinterlassen. Auch Didi senkte kurz den Kopf, denn sie wollte nicht, dass jemand die Tränen sah, die ihr in die Augen gestiegen waren. Nicht, weil sie ihre Trauer verbergen wollte, sondern weil der Albtraum und die Schuld immer noch in ihrem Kopf herumspukten.

Sie spürte, wie Daniel näher rückte und ihr tröstend die Hand auf den Rücken legen wollte. Sie beugte sich nach vorne, denn gerade konnte sie kein Mitgefühl ertragen. Der Fremde fuhr mit seiner Rede fort. Er erzählte warmherzig und gewandt vom Professor, und ein paar Anekdoten über seine Gepflogenheiten ließen die Studenten schon wieder lächeln. Der Mann ließ vor ihnen ein Bild des Professors entstehen, das genau so war, wie sie ihn in Erinnerung behalten wollten – lustig, intelligent, fordernd.

»Und jetzt wollen wir zum Thema des heutigen Tages kommen, das ganz zufällig eines meiner Spezialgebiete ist, die Schäferdichtung beziehungsweise Pastorale«, sagte der Mann und brachte damit die Studenten erneut zum Lächeln. Dann begann er seine Vorlesung, die eng am Thema blieb. Mehr als die Hälfte der Zeit war verstrichen, als Didi bemerkte, dass sie dem Mann geradezu begeistert zuhörte. Vom antiken Kreta ausgehend gab er einen breiten Überblick darüber, wie die Pastoralen die Künste über die Jahrhunderte hinweg beeinflusst hatten. Didi wäre gerne noch tiefer in das Thema eingestiegen, aber plötzlich sprang die Tür des Saals auf, und Izabella rauschte tonlos herein. Didi bemerkte sofort, wie der Blick der Frau erst auf sie, dann auf Daniel fiel. Das verhieß nichts Gutes. Didi war sich jetzt so unsicher, dass der Schlussteil der Vorlesung völlig an ihr vorbeiging. Sie fing sich erst wieder, als sie merkte, dass die Vorlesung ihrem Ende zuging, der Mann seine Sachen zusammenpackte und ihnen noch Anweisungen gab: »Ich weiß, dass ihr euch sofort auf das Thema stürzen wollt, deshalb findet sich die Leseliste im Intranet«, meinte er und lächelte alle gleichzeitig an. »Und entschuldigt, aber ich habe vergessen, mich vorzustellen. Ich war wohl ein bisschen nervös, vor einer neuen Gruppe zu stehen.«

Jetzt brachte er die Studenten zum Lachen.

»Mein Name ist Mitchell Brannegan, und wir sehen uns nächste Woche«, sagte er noch und winkte allen zu.

»Ziemlich vielversprechend«, meinte Daniel hinter Didi. Diese drehte sich lächelnd um. Auch sie hatte die Vorlesung genossen, zumindest den Teil, auf den sie sich hatte konzentrieren können. Im Augenwinkel beobachtete sie, dass Izabella weiterhin an der Tür stand. Didi überlegte, wie sie an ihr vorbeikommen konnte. Oder würde Izabella sie vielleicht nicht in die Enge treiben, wenn sie sich in Daniels Gesellschaft befand? Oder es würde sie nur noch mehr reizen, wenn sie sie zusammen sah. Didi konnte nicht länger darüber nachdenken, denn der Saal leerte sich, und sie wollte nicht alleine mit der Kommissarin zurückbleiben. Außerdem wartete Daniel auf sie. Sie gingen zusammen zur Tür, und Didi quatschte über dies und das, als hätte sie den kühlen Blick der Kommissarin gar nicht bemerkt. Sie waren nur noch wenige Meter von Izabella entfernt, als diese mit entschiedenen Schritten auf sie zu kam. Didi bekam plötzlich Angst, ihr Herz raste. Sie war eindeutig Izabellas Ziel. Vielleicht wusste die Kommissarin tatsächlich etwas, oder sie war sich sicher, dass Didi irgendwie mit dem Tod von Imre und Tamaj zu tun hatte, und würde sie jetzt festnehmen. Didi konnte nicht fliehen.

»Destinie Doulloin.« Die Kommissarin sprach ihren Namen scharf aus.

»Mama«, sagte Daniel lachend, auch wenn er sie bereits früher bemerkt hatte. Vielleicht dachte Daniel, dass seine Mutter ihn abholen wollte, aber Didi wusste, dass es um etwas ganz anderes ging.

Die Kommissarin streckte ihr die Hand hin, und Didi wartete darauf, dass die Frau nach ihrem Arm greifen würde. Sie hielt den Atem an. Da kam der gepflegte Professor Brannegan und stellte sich zwischen sie.

»Guten Tag«, sagte er zu Izabella und streckte ihr die Hand hin. »Haben Sie eine Frage an mich? Sie scheinen keine Studentin zu sein.«

Der Professor blockierte Izabella so geschickt den Weg und hielt ihre Hand, dass Didi und Daniel sich an ihr vorbeistehlen konnten. Sie bemerkte allerdings, dass Professor Brannegan ihr einen vielsagenden Blick zuwarf, und wusste, dass er ihr mit Absicht zu Hilfe gekommen war. Selten war sie jemandem so dankbar gewesen.

»Lass uns einen Kaffee trinken«, sagte Daniel so laut zu Didi, dass auch Izabella es sicher hörte.

Didi beobachtete im Augenwinkel, wie der Professor sich näher zu Izabella beugte und etwas sagte, so dass diese ihnen nicht mehr nachkam. Etwas im Benehmen des unbekannten Mannes hatte Izabella abgehalten. Aber auch ein Wort, das er ihr ins Ohr geflüstert hatte: »Europol.«

Izabella blieb stehen, bis Didi mit Daniel verschwunden war, und wartete dann auf eine Erklärung des Mannes, der sie aber in den Flur neben dem Saal führte und von da in ein kleines, leeres Klassenzimmer. Izabella wirkte vielleicht gelassen, aber in ihr tobte ein Sturm. Das Mädchen, dem sie nicht vertraute, das sie sogar des Mordes verdächtigte, vielleicht auch zweier Morde, war gerade mit ihrem Sohn irgendwohin gegangen. Dennoch hatte etwas im Blick des Mannes bewirkt, dass sie mit ihm gegangen war. Jetzt erwiderte sie den Blick, ohne zu blinzeln. Sie wollte schnell wissen, worum es ging, und dann Daniel suchen. Der Mann hatte die ganze Zeit ernsthaft gewirkt, jetzt aber lächelte er ein wenig vertraulicher und setzte sich auf die Kante des Lehrerpults.

»Entschuldigen Sie, aber ich musste dazwischengehen, Kommissarin Szabó«, sagte der Mann und gab damit preis, dass er wusste, wer Izabella war. »Es ist wichtig, dass das Mädchen nichts ahnt.«

»Wer sind Sie?«

»Mitchell Brannegan, ich komme von Europol. Wir verfolgen das Mädchen schon länger.«

»Destinie Doulloin?«, fragte Izabella.

»Mit richtigem Namen Desirée Tasson. Wir wollen nicht, dass die Ermittlungen behindert werden.«

»Worum geht es?« Izabella ließ den Blick noch immer nicht von dem Mann. Sie vertraute normalerweise niemandem. »Drogen? Die Fälle, mit denen sie in Verbindung steht, sind sehr speziell.«

Brannegan stand auf und glättete die Jacke, als wolle er damit Zeit zum Nachdenken gewinnen.

»Was ich jetzt sage, ist äußerst vertraulich: Ihren Hintergrund haben wir penibel untersucht«, sagte er dann. »Und wir wissen, dass es in Budapest vor allem in den letzten Jahren außergewöhnliche Todesfälle gegeben hat, manche sehr brutal.«

Izabella konnte nur nicken. Sie hatte selbst einige dieser Fälle untersucht, von anderen wiederum hatte sie gehört. In einigen war rohe Gewalt angewendet worden, in anderen waren die Opfer mit einem Lächeln auf den Lippen gestorben. Als erfahrene Polizistin vermutete Izabella, dass sie es mit Designerdrogen oder Arzneimittelschmuggel zu tun hatten, denn auf diesem Gebiet gab es die skrupellosesten und brutalsten Typen. Etwas schien die Fälle zu verbinden, aber irgendein Puzzleteil fehlte, und das brachte sie zur Weißglut. Es war nicht ihre Art, Dinge einfach hinzunehmen, weder im Privatleben noch im Beruf. Vielleicht bot sich jetzt die Möglichkeit, weiterzukommen. Sie achtete trotzdem darauf, nicht zu begeistert zu wirken. Wenn jemand diese Fälle löste, dann sie.

»Wir haben es nicht mit normalen Menschen zu tun«, sagte Brannegan.

»Das ist ja wohl sonnenklar«, stellte Izabella trocken fest. Vielleicht war das Wissen des Mannes doch nicht so bedeutsam.

»Wir haben es nicht mit Menschen zu tun«, sagte Brannegan jetzt sehr bedächtig und mit tiefer Stimme.

Izabella ging ungewollt ein paar Schritte näher, denn sie traute ihren Ohren nicht. Bestimmt hatte Brannegan etwas anderes gesagt.

»Also mit Schwerverbrechern, skrupellosen Killern oder Serienmördern?«, fragte sie.

Brannegan atmete mehrmals tief durch und beschloss dann wohl, fortzufahren.

»Bei Europol gibt es eine Spezialeinheit. Sie können Europol anrufen, und man wird Ihnen sagen, dass ich dort als Ermittler tätig bin, man wird Ihnen aber nicht sagen, in welcher Einheit. Unsere Gruppe agiert verdeckt und wir verfolgen … nennen wir es ›Wesen‹. Diese Wesen sind zu allerlei Dingen imstande, und viele von ihnen sind Killer.«

Izabella wollte am liebsten losprusten und das Zimmer verlassen. Doch in ihrem Kopf begann es zu arbeiten. Sie hatte Leichen gesehen, für deren Verletzungen es keine Erklärung gegeben hatte.

Die Fälle waren als unauffällig ausgegeben worden, und auch jetzt hatte der Rechtsmediziner, dieser Samuel Koski, den Fall des toten Jungen in der Gasse nur mit einem Schulterzucken quittiert. Izabella hatte ihm keine Sekunde lang geglaubt.

»Ich war mein Leben lang Polizistin«, sagte sie. »Immer habe ich daran geglaubt, dass das Böse zu welchem Preis auch immer ausgerottet werden muss.«

»Das ist uns zu Ohren gekommen«, sagte Brannegan und schob zwei Stühle so, dass sie einander gegenüber standen. Er setzte sich auf einen und bedeutete Izabella mit einem Handzeichen, sich auf den anderen zu setzen. Sie gehorchte.

»Das ist natürlich erst einmal schwer zu verdauen, aber ich erzähle gerne mehr.«

Izabella hatte bereits vergessen, dass ihr Chef auf dem Revier auf sie wartete, selbst an Daniel dachte sie nicht mehr. Sie wollte alles hören, alles wissen und vor allem: die Übeltäter fassen.

Denn die einzige Möglichkeit für einen Übeltäter, Versöhnung zu schaffen, war die Bestrafung anderer Übeltäter. Und war nicht der schrecklichste Übeltäter derjenige, der seine Familie verletzt hatte, so wie sie es getan hatte?

13

D**idi hatte keinerlei Schwierigkeiten**, Daniel dazu zu überreden, zu ihr nach Hause zu kommen, statt in ein Café zu gehen. Daniel war so erfreut über die Einladung, dass Didi es fast schon bereute. Sie wollte Daniel keine falsche Hoffnungen machen. Aber sie wollte unbedingt mehr über Izabella wissen, und es würde nicht schaden, Daniel mit Sofia zu verkuppeln.

Am Küchentisch war es überraschend gemütlich. Didi hatte lange nicht so ungezwungen mit jemandem über das Studium oder über Budapest geredet. Aber immer wenn Didi das Gespräch auf Izabella lenken wollte, wich Daniel aus, und bald sprachen sie wieder über Musik oder Filme.

»Darf ich jetzt lesen, was in dem Flugzeug steht?«, fragte Didi schließlich.

»Nein«, antwortete Daniel. »Ich könnte rot werden, wenn ich dabei neben dir sitze.«

Er flirtete wieder schamlos mit ihr, und es reizte Didi, darauf einzugehen. Sie musste sich daran erinnern, warum sie Daniel eingeladen hatte.

»Was schreibst du denn noch außer unanständigen Gedichten und Liedern?«, fragte Didi.

Sie musste zugeben, dass Daniel sie tatsächlich interessierte.

»Ehrlich gesagt habe ich angefangen, einen Krimi zu schreiben«, antwortete er, nachdem er einen Moment nachgedacht hatte, und er lächelte jetzt nicht mehr. »Dann habe ich begriffen, dass ich über meine eigene Kindheit geschrieben habe und dass daraus eine ziemlich schlechte Familiensaga geworden ist.«

»Deine Mutter ist ja auch irgendwie dramatisch«, erwiderte Didi und hoffte, ein wenig weiterzukommen. »Was war denn die Idee für dein Buch?«

»Dass Heimlichtuerei, Betrug und Lügen alles zerstören – wie ein Stein, der in einen ruhigen See geworfen wird. Es gibt Wellen, deren Auswirkungen man nicht einschätzen kann.«

Plötzlich verdüsterte sich Daniels Miene. Er hatte in aller Ruhe seinen Tee getrunken, stand jetzt aber auf und schüttete den Rest in die Spüle. Didi stand ebenfalls auf und ging zu ihm. Sie sah, wie der Schmerz für einen Moment an die Oberfläche gekommen war, und wollte ihn beschwichtigen. Ihre Ahnung, dass zwischen Izabella und Daniel Spannungen herrschten, stimmte also. Didi legte Daniel die Hand auf die Wange. Plötzlich fasste er sie am Armgelenk und legte sich ihre Hand auf die Lippen. Sie spürte Wärme und den leichten Bart auf ihrer sensiblen Haut. Ohne es zu wollen, seufzte sie leicht auf, zog dann aber die Hand weg.

»Du weißt doch, dass ich einen Freund habe«, sagte sie lachend und versuchte, ein Spiel daraus zu machen.

»Ich weiß, und das stört mich absolut nicht«, erwiderte Daniel, der trotzdem ein wenig finster dreinblickte.

Sie schwiegen, und Didi wusste nicht, was als Nächstes passiert wäre, wenn nicht Sofia mit Einkaufstaschen bepackt hereingekommen wäre. Sie stellte sich Daniel sofort vor und nickte Didi zu, als Zeichen, dass sie dem Plan zustimmte. Sofia bereitete das Abendessen vor und bezog Daniel in die Zubereitung der Soße mit ein. Didi zog sich zurück und ließ Sofia freie Bahn. Sie war in Hochform. Sie unterrichtete Daniel im Knoblauchschneiden und hielt seine Hand dabei, dann fütterte sie ihn mit Schinken und Käse. Auch Laetitia und Alex kamen nach Hause und machten sich daran, den Tisch zu decken und Weingläser zu füllen.

Plötzlich war Didi glücklich. Das hier war ihr Rudel. Sie war vielleicht schweigsam und abwesend, beobachtete aber alle und durchlebte in Gedanken gleichzeitig die besten Momente mit Kati und Nadia, als sie zum Beispiel die ersten Male die Vorzüge der Nymphenwelt erkannt hatte. Dann zündeten sie Kerzen an, stellten das Geschirr auf dem Esstisch bereit und setzten sich. Sofia reservierte den Platz neben sich für Daniel, der sich aber ohne zu zögern neben Didi niederließ. Sofia warf Didi einen Blick zu und zuckte die Schultern; Didis Anziehungskraft war eindeutig stärker, zumindest solange sie anwesend war. Dann konzentrierten sich alle aufs Essen und das Gespräch. Gerade, als die Stimmung ihren Höhepunkt erreicht hatte, erschien Samuel in einer Leinenpyjamahose in der Tür.

»Ihr macht unglaublichen Lärm«, sagte er zu allen, ohne auch nur in Didis Richtung zu sehen. Plötzlich waren alle angespannt, obwohl Samuel trotz seines aggressiven Verhaltens eher verzweifelt wirkte.

»Das ist Samuel, unser Hahn im Korb«, sagte Alex und versuchte, die Stimmung zu heben.

»Ich wollte nicht stören«, meinte Samuel, obwohl genau das seine Absicht gewesen war. »Ich nehme mir ein bisschen Saft und gehe wieder.«

Er trottete in die Küche. Alle schwiegen und hörten

zu, wie Samuel den Saft aus dem Kühlschrank nahm und direkt aus dem Karton trank. Dann ging er zurück nach oben.

»Ich geh vielleicht besser«, sagte Daniel zu Didi und wartete darauf, dass sie ihn bat, zu bleiben.

»Wir sehen uns«, erwiderte sie nur. »Vielleicht kann dich Sofia ein Stück begleiten.«

»Nein danke«, antwortete Daniel und klang völlig abweisend.

Didi kümmerte sich nicht mehr um ihn, sondern rannte die Treppe nach oben in ihr gemeinsames Schlafzimmer. Sie warf die Tür hinter sich zu, aber Samuel schien sie nicht einmal zu hören. Er hatte bereits seine Jeans angezogen und knöpfte gerade sein dunkelblaues Hemd zu. Dann machte er sich Wachs in die Haare und untersuchte das Ergebnis kritisch.

»Wo gehst du hin?« Didi schrie fast und bereute es sofort. Warum nur musste sie dauernd Streit mit Samuel suchen? Nie hätte sie gedacht, dass aus ihr eine keifende Freundin werden würde. Nicht, bevor sie sich hatte enthalten müssen. Sie hatte Angst. Was geschah nur mit ihnen? Ihre Beziehung beruhte doch nicht nur auf Sex – auch wenn der wahnsinnig toll war –, weshalb also ging jetzt alles nur darum? Wieder musste Didi ihre Gefühle abkühlen lassen, damit sie nicht völlig zusammenbrach.

»Raus«, sagte Samuel, als wäre die Sache sonnenklar.

Didi biss diesmal nicht wieder an. Sie ging zum Bett und nahm ihr Buch, auch wenn ihr klar war, dass aus dem Lesen nichts werden würde.

»Mit den anderen Ärzten?«, fragte sie und blätterte in dem dicken Werk zur Kunstgeschichte. »Da kommen sicher auch Frauen mit?«

»Ein paar Schwestern bestimmt«, antwortete Samuel und sah noch einmal in den Spiegel, um die Frisur zu ordnen.

»Du könntest auch hierbleiben.«

Jetzt sah Samuel Didi direkt an. Sein Blick war erst fragend, dann verhärtete sich seine Miene.

»Warum? Damit du mich erst anschreien kannst und dann kalt und hart wie eine … verdammte Statue bist?«

Wäre Didi das Buch nicht aus den Händen gefallen, hätte sie es Samuel an den Kopf geworfen.

»Wie kannst du so etwas sagen?«, stammelte sie. Der Vergleich mit der Statue nach all den merkwürdigen Träumen und Ereignissen ließ sie nach Luft schnappen.

»Das ist doch egal«, meinte Samuel. »Du scheinst mich nur für eins zu brauchen. Ohne das bin ich nutzlos. Jetzt bringst du schon einen anderen Typen mit hierher.«

»Doch nicht deshalb …« Didi verstummte. Sie konnte Samuel nicht erzählen, dass ihr möglicherweise die Polizei auf den Fersen war. Erst musste sie selbst herausfinden, wie der Stand der Dinge war. Das Beste war, das Thema zu wechseln.

»Kennst du diese Krankenschwestern?«

»Ein paar davon, Raoul und Henry kennen sie besser.«

»Du überlegst, wie es mit einer anderen wäre, mit einer Frau«, sagte Didi langsam und versuchte, Samuels Gedanken zu erraten. »Gib es zu.«

»Mit dir zumindest kann ich nicht zusammen sein«, erwiderte Samuel. »Nicht ohne diese Blumen, und auch die sind ziemlich überraschend gestorben.«

»Das war nicht meine Schuld, das weißt du …«

»Medizinisch betrachtet könnte man wohl sagen, dass ich jetzt allergisch gegen dich bin«, fuhr Samuel fort. »Allergien kann man mit Hyposensibilisierung behandeln. Mit ganz kleinen Mengen des Verursachers der Überempfindlichkeit … Sagen wir also, ich gehe mir meine Dosis holen. Deinetwegen. Ich habe auch ein eigenes Leben.«

Didi weinte so sehr, dass sie nicht sah, wie die Tür hinter Samuel zuging. Aber sie hörte sie ins Schloss fallen. Als wäre eine Zellentür zugegangen. Dann schmiss sie das Buch gegen die Wand und rollte sich im

Bett zusammen. Sie musste jetzt genau nachdenken, was sie zu tun hatte. Die ganze Nacht war Zeit dafür. Irgendwann aber schlief Didi trotzdem ein. Im Traum tanzte und lachte sie, war völlig ohne Sorgen. Sie tanzte mit Samuel, der seine Arme um sie schlang, ihre Hüften streichelte und sie so drehte, dass ihr schwindlig wurde. Vielleicht hatte sie auch ein paar Gläser Wein getrunken, jedenfalls zog sie Samuel kühn in das Dunkel der Bar. Sie küssten und streichelten sich erregt. Samuels Hände lagen schwer auf ihren Brüsten, und plötzlich flimmerten Lichter in der Dunkelheit. Sie waren gar nicht mehr in der Bar, sondern irgendwo im Freien. Der Regen durchnässte sie, aber das störte sie nicht. Die nassen Kleider klebten an ihren Körpern. Samuels Atem war heiß, und er sah Didi in die Augen …

»Agnes«, sagte Samuel mit vor Lust heiserer Stimme. »Agi …«

Didi wachte auf. Es war nicht ihr eigener Körper, der sich an Samuels gepresst hatte. Er gehörte einer anderen Frau – ob einer aus dem Traum oder einer echten. Ihre Haut bekam Samuels Wärme ab! Und der Regen peitschte tatsächlich gegen die Fenster.

14

Kati stieg aus der Dusche und trocknete sich gründlich mit einem dicken Frotteehandtuch ab, das sie danach auf den Boden fallen ließ. Dann versetzte sie der Dusche einen Tritt. Jetzt genieße ich mal die Vorteile des Hotellebens, dachte sie. Erst hatte sie geglaubt, dass Matilda und sie bei Nadia unterkommen würden, aber bereits nach einer Nacht war klargeworden, dass das nicht funktionierte. Aus verschiedenen Gründen. Zunächst funktionierte das Leben mit Matilda nie. Kati hatte nicht gewusst, worauf sie sich einließ, als sie zur Aufpasserin der jungen Nymphe geworden war. Sie hatte gedacht, dass Didi schwierig war, aber Matilda war noch eine viel größere Plage. Dann hatte Nadia ein Kind. Vielleicht hätte sie das nicht überraschen sollen. Nach Jespers Tod war Nadia schnell ihre eigenen Wege gegangen, und Kati hatte natürlich ihren

Wunsch, alleine zu sein, verstanden – als sie damals Janos verabschiedet hatte, war sie ebenfalls keine gute Gesellschaft gewesen, ein ganzes Menschenleben lang sogar –, aber erst jetzt war ihr klar, dass Nadia schon damals gewusst hatte, dass sie das Kind eines Satyrs unter dem Herzen trug. Und der dritte Punkt … Bei Nadia war etwas im Gange. Innerhalb von ein paar Tagen hatte Kati herausgefunden, wo Nadia arbeitete, dass sie ein Labor zu Hause hatte und wie es mental um sie stand. Kati ahnte dunkel, was Nadia vorhatte, brauchte aber noch eine Bestätigung.

Alles zu seiner Zeit, dachte sie. Jetzt war sie mit Matilda auf dem Weg zu Nadia, denn sie hatten widerwillig zugestimmt, auf Gasparo aufzupassen, während Nadia Überstunden machte. Gasparos Kindermädchen war überraschend krank geworden. Komisch, wie effektiv schon eine kleine Menge Ipecac-Sirup im Kaffee war. Kati wischte den Dampf vom Spiegel im Bad und grinste ihr Spiegelbild an. Dann zog sie schnell ihre Unterwäsche an. Als Nächstes hatte sie die schöne Aufgabe, die faul im Bett lungernde Matilda zu wecken. Dann noch die schwarze Lederhose an, ein ärmelloses Shirt und die Lederjacke, und schon wäre sie im Kinderbespaßen besser als Mary Poppins.

»Matilda, aufstehen!«, rief Kati im Befehlston, bemerkte aber gleichzeitig, dass sie mit einem leeren Bett sprach. Ein schneller Blick durch das Zimmer brachte Klarheit. Matilda war verschwunden.

»Dieses verdammte Affenmädchen ...«

Der Geräuschpegel in der Hotelbar wurde leiser, als Kati in ihren schwarzen Klamotten und mit unfreundlichem Gesichtsausdruck dort erschien. Ihr Blick ging rasch zur Theke, wo Matilda mit einem pinkfarbenen Drink in den Händen saß. Sie flirtete mit Hilfe einer Cocktail-Kirsche mit dem Barkeeper, ihr Lächeln erstarrte allerdings, als sie merkte, dass Kati in der Nähe war. Dann schlug der Schreck in Trotz um, und Matilda leerte ihr Glas in einem Zug.

»Was glaubst du denn eigentlich, wer du bist?«, fragte Kati mit harter Stimme.

»Ich habe Spaß«, antwortete Matilda und lächelte wieder dem Barkeeper zu. Sie gab ein Zeichen, dass sie gerne einen zweiten Drink hätte.

»Für euch scheint das ein unbekannter Begriff zu sein.«

Der Mann hinter der Theke gehorchte brav, doch Katis scharfer Blick ließ ihn innehalten. Matilda wurde rot vor Zorn.

»Du bist fünfzehn!«, sagte Kati und betonte die Zahl so, dass auch der Barkeeper es hörte.

»Du hast hier nichts zu suchen. Wir gehen jetzt zu Nadia, und da benimmst du dich.«

»Aber natürlich, liebste Tante«, sagte Matilda übertrieben gehorsam, stand dabei aber auf und ließ ihre Finger durch die Nackenhaare des Barkeepers gleiten. Der Mann schauderte, als hätte er Fieber, und lächelte ekstatisch. Kati wusste, dass sie seine Erektion hätte sehen können, wenn sie sich die Mühe gemacht hätte, über die Theke zu schauen. Sie begnügte sich aber damit, Matilda aus der Bar zu ziehen. Erst als sie vor dem Hotel standen, explodierte sie.

»Was zum Teufel ist los mit dir?«, schrie sie. »So etwas kannst du nicht machen! Da waren unzählige Leute, die bezeugen können, was du gemacht hast.«

»Verpiss dich!«, zischte Matilda. »Du hast keine Ahnung, wie ich mich fühle. Es sind noch zwei Wochen bis zum Vollmond, und ich habe das Gefühl zu zerplatzen. Als wäre in mir drin ein Wurm mit Zähnen, der mich auffrisst …«

»Das musst du ertragen«, erwiderte Kati. »Ich habe gerade Wichtigeres zu tun, als über deine Teenieprobleme nachzudenken. Unsere ganze Zukunft steht auf dem Spiel. Das solltest du im Hinterkopf behalten, wenn du überhaupt überleben willst, bis du eine echte Nymphe wirst.«

Kati wollte sich nicht noch mehr Gejammer anhören, führte das trödelnde Mädchen zum Mietwagen und setzte sie hinein. Dann fuhr sie mit solcher Geschwindigkeit los, dass die schmollende Matilda freiwillig den Gurt anlegte. Bald schon waren sie in Nadias gemütlichem Vorort und parkten im Hof. Die Vorhänge wackelten ein wenig, so dass Kati wusste, dass Nadia auf sie wartete.

»Lass uns nach Gasparo sehen!« Matilda war bereits ein paar Meter vor Kati, die sich über die schnelle Sinneswandlung wunderte. Aus irgendeinem Grund war sie begeistert von dem Satyrjungen mit den Flaumhaaren und konnte endlos auf ihn einbrabbeln. In diesem Fall aber war es von Nutzen, deshalb beschwerte Kati sich nicht.

Sie bemerkte sofort, dass Nadia schnell loswollte – ihre Arbeit schien außerordentlich interessant zu sein, oder aber es passierte etwas anderes dort –, aber auch gerne geblieben wäre. Nadia schien es nicht leicht zu fallen, sich von Gasparo zu trennen, oder zumindest nicht, ihn den beiden Nymphen zu überlassen. Kati sah sie beruhigend an, damit Nadia ging. Matilda durfte das Kind so viel wiegen, wie sie wollte, sie selbst würde sich in aller Ruhe mit Nadias Vorhaben beschäftigen. Diese erklärte sofort, wo alles zu finden war, was Gasparo brauchte, welche seine Lieblingsspielsachen waren und welche Lieder er am liebsten mochte. Kati hörte genau zu und stellte ein paar Fragen. Um zu zeigen, dass alles in Ordnung war, nahm sie den Jungen auf den Schoß. Er sah sie an, und unverzüglich breitete sich ein erstauntes und verzücktes Lächeln auf seinem unschuldigen Gesicht aus. Ohne es zu wollen, musste Kati lachen. Sie drehte das Kind, ohne die Spucke zu beachten, die auf ihre Jacke tropfte. Als sie zu Nadia spähte, sah sie, wie glücklich diese bei dem Anblick war. Ihre Blicke trafen sich, und Nadia reichte Kati die Hand und strich ihr kurz über die Schulter. Die Distanz war sofort verschwunden. Dennoch sah Nadia ein wenig besorgt auf die in ihr Handyspiel versunkene Matilda und nahm Kati zur Seite.

»Behältst du sie im Auge?«, fragte sie leise.

»Natürlich. Wieso?«

»Aus dem Badschrank sind Medikamente verschwunden. Sie weiß wohl nicht, dass hier alles homöopathisch ist«, meinte Nadia. »Bei mir gibt es nichts Gefährliches, aber vielleicht sucht sie auch anderswo.«

»Ich habe Matilda unter Kontrolle«, sagte Kati. »Danke für die Warnung.«

»Ich muss los«, erwiderte Nadia, warf Kati aber noch einen forschenden Blick zu. »Blöd, dass unser Kindermädchen gerade heute krank ist.«

»Gut, dass wir helfen können«, meinte Kati und verdrehte zu Gasparos Freude die Augen. »Geh nur, wir sind so lange hier, wie du uns brauchst.«

»Danke«, antwortete Nadia und sammelte ihre Sachen zusammen. »Wir sind gerade in einer wichtigen Forschungsphase, die ich unbedingt überwachen muss …«

»Du musst nichts erklären. Wir sehen uns später«, sagte Kati.

Kaum war die Tür hinter Nadia zugefallen, reichte Kati Matilda schon den zufrieden brabbelnden Gasparo. Sie war zum Glück sofort bereit, das Handy gegen den Jungen einzutauschen.

»Könnte man nur alle Satyrn so leicht zufriedenstellen«, sagte Kati.

Dann wäre Gabriel Korda bereits vom Thron gestoßen worden, ich säße am Tisch des Konklaves, und wir wären frei, dachte sie, behielt den Gedanken aber für sich. Matilda konnte nicht verstehen, worum es ging, und in dieser Phase, wo das Mädchen sich ihrer eigenen Macht noch nicht bewusst war, war es auch besser so. Und vor allem auch, weil Kati sie tatsächlich für etwas brauchte. Wüsste Matilda das, wäre es mit ihr zweifelsohne noch schwieriger.

»Spielt ihr mal schön, Kinder«, sagte sie, aber Matilda lag schon auf dem Boden und beschäftigte den

Kleinen. Kati verließ leise das Wohnzimmer und schlich durch die Zimmer des zweistöckigen Hauses, konnte aber nichts Spannendes entdecken. Im Gegenteil, Nadias Kleidungsstil war äußerst konservativ geworden, selbst in menschlichem Maßstab. Kati vertrieb sich ein wenig die Zeit und stellte fest, dass Matilda und Gasparo auch weiterhin mit einem Bauklotzturm beschäftigt waren. Sie ging nach draußen und lief zur Tür der Wohnung nebenan. Die Tür war leicht aufzukriegen. Kati zog die Vorhänge zu und machte erst dann Licht. Auf Nadias Schreibtisch stand ein Laptop, aber da war sicher nichts zu finden. Im Kühlschrank befanden sich Ampullen, deren Beschriftung ihr nichts sagte. Im Käfig auf dem Untersuchungstisch saß ein Kaninchen, aber auch dessen Blick gab Nadias Geheimnisse nicht preis. Es war klar, dass Nadia irgendwelche Tests am Laufen hatte, sowohl bei der Arbeit als auch zu Hause. Und sie wollte beides verheimlichen. Deshalb musste Kati einen Anhaltspunkt finden, der sie auf den richtigen Weg brachte. Sie setzte sich an Nadias Schreibtisch und zog die oberste Schublade auf. Dort lag ein Zeitungsartikel mit einem Bild des Geschäftsmanns und Milliardärs Mathias Warre, der selbstbewusst und energisch aussah. Dem Artikel zufolge hatte er gerade ein paar Arzneimittelfirmen aufgekauft und nutzte seine Macht unter anderem bei der Lobbyarbeit für die Ausweitung der Stammzellenforschung. Warre war nur Nadias Chef, aber der Artikel war so gefaltet, dass sein Bild oben war. Lief etwas zwischen den beiden? Kati machte die Schublade zu und wollte die nächste aufziehen, aber sie hing ein wenig. Sie spähte hinein. Am äußeren Boden der oberen Schublade war eine Plastiktüte mit Papieren versteckt. Kati zog die Tüte heraus. Handgeschriebene Notizen über Forschungsergebnisse sowie direkte Gefühle aus einem Bewusstseinsstrom, ihre Macht und über das Leben, etwas über Mathias Warre … Kati war verwirrt. Was war mit Nadia passiert in diesem Jahr, das sie nicht zusammen verbracht hatten? Sie erkannte ihre Gedanken nicht wieder. Das Geschriebene war stellenweise völlig sinnlos. Als wäre Nadia total aus der Bahn geraten. Trotzdem hatte sie gerade eben noch ganz normal gewirkt.

Wie kann man sich zweihundert Jahre lang kennen und kennt sich doch nicht?, überlegte Kati.

Sie erinnerte sich genau daran, wie sie Nadia zum ersten Mal getroffen hatte: Kati hatte Janos' Asche in dessen Heimat gebracht. Danach hatte sie sich keinem Nymphenrudel mehr angeschlossen und sich keinem Satyr unterstellt. Sie hatte entschieden, den Rest ihres Lebens als Ausreißerin zu verbringen, auch wenn sie sicher war, dass sie eines Tages ein gewaltsames Ende finden würde. Aber allmählich stieg in ihr der Gedanke auf, dass sie, um der Übermacht der Satyrn zu entgehen, den Satyrn beitreten musste. Also nahm sie das kalkulierbare Risiko auf sich und ritt in einer regnerischen Nacht in einem dicken, schlammbespritzten Wollmantel zu einem römischen Palast und forderte, den Hausherrn zu sehen. Erik Mann. Der mächtige Satyr war leicht zu finden gewesen, eine ganz andere Sache aber war es, ihn davon zu überzeugen, sie in sein Rudel aufzunehmen. Katis Leben lag auf der Waagschale, deshalb trat sie natürlich noch selbstsicherer auf. Auch wenn sie gezwungen war, vor Erik Mann und seiner schwerbewaffneten Satyrtruppe auf die Knie zu gehen, hielt sie den Kopf oben.

»Warum willst du zurückkommen? Du bist vor langer Zeit geflohen«, brummte Erik mit tiefer Stimme und sah sie durchdringend an. Kati konnte spüren, welch physische und psychische Macht der Satyr besaß, doch sie musste alles auf eine Karte setzen.

»Ich habe es satt, im Wald zu leben, Eichhörnchen und Karnickel zu essen und in Lumpen herumzulaufen«, sagte sie und hob ihren dreckigen Mantel hoch. »Ich will wieder ins Rudel. Wein trinken, Seide tragen und mich baden, wenn ich dazu Lust habe. Ich will reich werden und die Gesellschaft von meinesgleichen genießen.«

»Warum sollte ich dir glauben? Wie überzeugst du mich von deiner Treue?«, fragte Erik Mann, jetzt mit leicht amüsierter Stimme, und trank einen großen Schluck Wein. Er gab den Musikern an der Seite ein Zeichen, dass sie spielen sollten. Kati konnte ihm bestimmt etwas Vergnügen bereiten.

»Als ich gekommen bin, habe ich im Hofkerker eingesperrte Händler gesehen«, sagte Kati, denn sie hatte sich bereits bei ihrer Ankunft auf eine solche Situation vorbereitet. »Wenn du willst, kann ich sie töten, entweder mit Waffen oder aber mit den Mitteln einer Nymphe, falls du zusehen möchtest.«

»Es gibt Dutzende von ihnen. Du würdest das erledigen? Mit den Mitteln einer Nymphe?«, fragte Erik. Kati kannte Eriks Vergnügungslust. Natürlich wollte der mächtige Satyr dabei sein, wie sie zwölf Männer totvögelte und die Musik dabei spielte.

»Du würdest mich in Hochform sehen, egal welche Methode ich anwende«, antwortete Kati. »Ich bin nicht nur eine Nymphe, sondern auch geschickt mit Waffen und eine vorzügliche Reiterin. Ich kann dir nützlich sein.«

Erik Mann dachte nach.

»An Mut fehlt es dir auf alle Fälle nicht«, meinte er dann. Sein Glas wurde erneut gefüllt, und er leerte es. Er gab den Musikern ein Zeichen, dass sie gehen sollten. Kati wartete, als Erik so tat, als würde er seinen Wein probieren. Das war der entscheidende Moment. Sie war bereit dazu, Eriks Gefangene zu töten, wenn der Befehl kam. Nicht bereit war sie, zu sterben, zumindest nicht durch einen Satyr. Ihre Finger tasteten im Mantel nach dem darin eingenähten Stahl. Es war klug, auf der Lauer zu sein.

»Diese Männer sind Händler und für uns zumindest vorübergehend wichtig, sofern sie dem ihnen vorgeschlagenen Vertrag zustimmen.« Erik sah Kati an und machte eine Pause. »Und ich habe keinen Grund, anzunehmen, dass sie nicht zustimmen. Ich werde deinen Vorschlag später noch einmal in Erwägung ziehen. Vor allem, wenn mir langweilig sein sollte.«

Damit machte Erik ihr klar, dass ihr Leben von seiner Stimmung abhing. Kati gab zu verstehen, dass sie die Sache verstanden hatte, und senkte leicht den Kopf. Jetzt musste sie nur warten. Entweder würde sie kämpfen und sterben, oder sie würde die Möglichkeit bekommen, dem Rudel beizutreten.

»Du sollst trotzdem zu sehen bekommen, was einer widerspenstigen Nymphe widerfährt«, sagte Erik. »Folge mir.«

Er erhob sich aus seinem gepolsterten Stuhl, und auch Kati stand auf. Sie ging ohne zu zögern hinter ihm her. Erik ging zielstrebig einen mit Fackeln beleuchteten Gang entlang, dann eine Treppe hoch bis zur Dachterrasse des Hauses, auf die der Vollmond schien. Katis Blick fiel zuerst auf fünf zu Eriks Rudel gehörende Nymphen in hellen Kleidern, die mit gesenktem Kopf an der Seite saßen. Dann sah sie, dass auf den Terrakotta-Fliesen eine dunkelhaarige Nymphe lag. Es war Nadia, die Kati damals noch nicht kannte. Der Körper der Nymphe war sehr jung, ihr Gesicht aber das einer Hundertjährigen, faltig und trocken. Die Lippen waren aufgesprungen und die Haare grau geworden. Die Nymphe zitterte heftig und schwitzte gleichzeitig. Ihre Augen waren milchighell. Kati war eine alte Nymphe, und sie hatte gesehen, was in solchen Fällen passierte. Ihr Herz krampfte sich zusammen, und erst jetzt begriff sie, zu welchen Grausamkeiten Erik Mann in der Lage war. Dennoch musste sie sich zusammenreißen.

»Hier haben wir eine neapolitanische Naturnymphe, die stärkste Heilerin, die ich je gesehen habe«, erklärte Erik analytisch. »Sie war für uns von großem Nutzen.«

»Warum liegt sie jetzt hier? Was hat sie getan?« Kati hatte schweigen wollen, konnte sich aber nicht beherrschen. Sie hoffte, dass man dem Leiden der Nymphe ein Ende machen würde. Es wäre mitfühlender, sie mit einem Dolch zu durchstoßen, als sie im Mondlicht liegen zu lassen.

»Es gab einen Tumult, in dem ein für uns wichtiger General lebensgefährlich verletzt wurde. Wir haben Nadia Rapaccini holen lassen, um ihn zu heilen, aber die Nymphe war so frei und hat das Angebot abgelehnt. Sie meinte, sie würde den General kennen und wüsste, welche Brutalität er Frauen und Kindern angetan hätte, so dass er ihrer Meinung nach nicht verdiene zu leben. Der General starb … Es kommen natürlich immer wieder neue, aber Widerstand können wir nicht ungestraft lassen, auch wenn es um eine Heilerin geht. Die Nymphen müssen sehen, was mit denen passiert, die nicht treu sind und Befehle verweigern. Sieh sie dir genau an. Glaubst du jetzt, dass du Befehle ausführen kannst?«

Die auf dem Boden liegende Nymphe schaffte es nur mit Mühe, den Kopf zu heben. Ihre blutigen Lippen formten Wörter, eine Stimme war aber nicht zu hören. Kati sah sie hilflos und frustriert an. Auf so etwas war sie nicht gefasst gewesen. Sie hatte ihre eigene Aufgabe über alles gestellt und ihr Leben riskiert. Jetzt war der Moment, in dem über ihr eigenes Schicksal entschieden wurde.

»Nein«, hörte sie sich sagen, und dabei sah sie Erik Mann furchtlos in die Augen. »Würde ich so sehr an eine Sache glauben, könnte ich nicht gehorchen.«

»Was?«, fragte Erik, und zum ersten Mal entstand der

Eindruck, dass er nicht ganz Herr der Lage war. »Was hast du gesagt?«

»Eine Heilerin ist wichtiger als ich«, fuhr Kati fort und sah auf die Nymphen, die jetzt ihre Köpfe erhoben hatten. »Nimm mich an ihrer Stelle, und lass sie leben. Wenn sie tatsächlich die beste Heilerin ist, die du je gekannt hast, dann kannst du nicht so kurzsichtig sein und sie im Licht des Vollmondes töten.«

Noch bevor Erik sich rühren konnte, war Kati bei den anderen Nymphen. Sie nahm eine nach der anderen an der Hand.

»Hat euch diese Nymphe geholfen?«, fragte sie. »Hat sie euren Schmerz gelindert, euch Heilmittel gegeben und euch gerettet? Habt ihr gesehen, wie sie Menschen geholfen und sie geheilt hat?«

Die Nymphen nickten stumm. Dann stand eine auf.

»Ich bin dazu bereit, mit Nadia zu tauschen«, sagte sie.

»Ich auch«, sagte die nächste.

Bald hatten alle fünf Nymphen versprochen, ihr Leben für das von Nadia zu geben. Erik hatte die Situation stumm verfolgt. Dann wandte sich Kati an ihn.

»Sag uns dein Urteil«, forderte sie. »Du bist hier der Herr.«

Erik hob eine Hand und gab damit den Satyrn in der

Nähe ein Zeichen. Kati wartete, bereit, mit den Fingern das Metall aus dem Mantelsaum zu reißen.

»Belebt diese Nymphe«, befahl Erik den Satyrn. Sein Blick ging zu Kati. »Bindet Echaterina Ordana an ihrer Stelle fest. Wir wollen sehen, welche Wirkung das Licht des Vollmondes auf eine solche Opferbereitschaft hat.«

Kati legte die Papiere zurück in die Plastiktüte und befestigte sie wieder an der Schublade. Sie stellte noch sicher, dass sie keine Spuren hinterließ, und wollte dann gehen. Sie musste nachdenken … Da sah sie Matilda an der Wohnungstür.

»Wo ist Gasparo?«, fragte Kati schnell. Bei Matildas Einfällen konnte man nie wissen.

»Der Kleine schläft«, antwortet Matilda. »Oh, was für ein süßes Kaninchen!«

Dieses Mädchen ist unglaublich, dachte Kati. Im einen Moment macht sie Männer an und säuft, im nächsten ist sie ganz gerührt wegen eines kuscheligen Tiers. Sie begnügte sich damit zuzusehen, wie Matilda den Käfig öffnete und das Kaninchen herausnahm.

»Das ist so süß und weich«, gurrte sie. »Und hat so schöne Ohren …«

Matilda hatte das Tier ein paar Mal gestreichelt, als plötzlich seine Ohren nach unten hingen, es schwer atmete und schlaff wurde. Matilda sah es verwirrt an und konnte nichts tun.

»Na toll, du hast es umgebracht«, sagte Kati, wunderte sich dabei aber über die Kräfte des Mädchens. Die mussten irgendwie in Schach gehalten werden!

»Wie erklären wir das jetzt Nadia?«

»Kann man denn nichts mehr tun?«, fragte Matilda, der heiße Tränen über die Wange flossen.

»Man kann es abziehen und in die Pfanne legen«, sagte Kati freundlich. »Und aus dem Fell kann ich dir einen Winterhut machen. Fell ist wieder im Kommen.«

»Du bist ekelhaft!«, kreischte Matilda laut und rannte nach draußen.

Kati wusste, dass das Mädchen sie jetzt nur anschreien würde, wenn sie ihr nachlief. Deshalb ließ sie ihre Gefühle abkühlen, bevor sie ebenfalls nach draußen ging und die Tür hinter sich zuzog. Nadia würde jetzt erfahren, dass sie auch in der anderen Wohnung gewesen waren. Sie mussten so tun, als wäre alles normal, deshalb war es am besten, alles zu tun, was Nadia gesagt hatte. Und es war gut, schon eine Weinflasche zu öffnen, etwas zu kochen und sich eine passende Erklärung auszudenken, die sich zusammen mit den Snacks gut schlucken ließ.

Gasparo wachte von seinem Nickerchen auf und mampfte dann fröhlich sein Abendessen, danach badete Matilda ihn und brachte ihn mit den von Nadia angegebenen Einschlafliedern ins Bett. Kati wiederum richtete Obst und italienischen Käse an, den sie im Kühlschrank gefunden hatte. Zum Glück hatte Nadia ihr das Zubereiten der Mahlzeit leicht gemacht.

Als Nadia kam, war es schon fast Mitternacht. Sie wirkte aber nicht erschöpft, sondern glänzte. Kati musste nicht überlegen oder nach dem Grund fragen; sie kannte die Symptome. Nadia hatte geglaubt, dass Kati und Matilda sofort gehen würden, wenn sie Mantel und Tasche abgelegt hatte, und gähnte deshalb breit. Kati ignorierte es, zog lautstark den Korken aus der Weinflasche und schenkte zwei Gläser ein, auch wenn Matilda noch ein drittes hinhielt.

»Du trinkst Wasser«, befahl Kati.

»Kati hat dein Kaninchen getötet«, sagte Matilda zu Nadia, sah aber hasserfüllt zu Kati.

»Verfluchtes Affenmädchen«, sagte Kati. »Du hast es umgebracht.«

Der Streit wäre weitergegangen, wenn Nadia sich nicht zwischen sie gestellt hätte. Kati sah an ihrem Gesichtsausdruck, dass der Käse als Wiedergutmachung nicht reichen würde, so dass sie direkt zur Sache kam.

»Ich war drüben. Ich wollte nur nachsehen, ob es dem Kaninchen gutgeht und ob es genug zu fressen hat«, erklärte Kati und wählte die passende Verteidigungstechnik. »Warum hast du überhaupt ein Versuchstier zu Hause?«

»Ben ist tot?«, fragte Nadia, beeilte sich dann aber mit einer Erklärung. »Er war bei uns im Labor und wurde krank. Ich habe ihn hierher in Quarantäne mitgenommen, weil ich noch ein paar Tests machen wollte. Ich hatte Angst, dass er die anderen Tiere ansteckt, denn dann wäre der ganze Test unzuverlässig, und wir müssten wieder von vorne … Was ist denn passiert?«

Kati ging in die Küche, zog Nadia hinter sich her und schloss die Tür vor Matildas Nase.

»Matilda hat gewisse Talente, wenn man das so nennen will«, sagte Kati. »Sie hat begeistert das Kaninchen gestreichelt, und plötzlich ist es erschlafft.«

»Und das soll die Nymphe mit dem Knoten sein?«, prustete Nadia los. »Die Legende, die uns befreien sollte.«

»Du hast doch daran geglaubt«, sagte Kati. »Hast es mir dauernd eingeredet.«

»Vielleicht glaube ich es nicht mehr«, antwortete Nadia und nahm einen großen Schluck Rotwein. »Vielleicht interessiert mich die Legende nicht mehr. Ich will einfach mein Leben mit Gasparo leben. Ich gehe arbeiten und bin eine ganz normale Mutter.«

»Du bist keine normale Mutter«, erwiderte Kati.

»Und Gasparo ist kein normales Kind. Du kannst die Kulisse nicht ewig aufrechterhalten.«

»Lange genug, wenn du dich mit Matilda aus dem Staub machst. Ihr erregt zu viel Aufmerksamkeit, wenn Matilda so weitermacht, und das wirkt sich auch auf mich aus.«

Kati brauchte nun etwas in der Hand. Sie griff zum Messerblock und schnitt einen Apfel in Stücke. Nadia hatte auf ihre Art recht, aber sie würden nirgendwohin gehen. Sie musste herausfinden, wie instabil Nadias Zustand war und was sie außer diesem Mann genau beschäftigte. Manche Dinge sagte man am besten direkt.

»Ich bin nicht ganz blöd«, sagte Kati zu Nadia. »Wir kennen uns lange genug, dass du das wissen müsstest. Du hast dich nicht um das Kaninchen gekümmert, sondern da ist etwas anderes im Gange, du erforschst etwas.«

Kati sah an Nadias Blick, dass sie überlegte, wie viel sie über ihr Leben preisgeben konnte. Kati hatte Zeit.

»Ich entwickle eine Medizin, mit der wir der Zwangsherrschaft des Mondes entkommen«, sagte Nadia kurz darauf.

»Das tust du nicht. Du hast doch schon bei Didi gesehen, wie sinnlos es war«, antwortete Kati.

Nadia war ungeduldig geworden. Ihr Blick war

ängstlich und ihre Bewegungen nervös. Kati hatte sie nie so gesehen.

»Didi … Didi erlebt alles so stark«, stammelte Nadia und klang, als würde ihr die Luft ausgehen. »Ich bin neidisch auf sie. Was haben wir davon, frei zu sein, wenn wir es nicht mit allen Sinnen erleben können? Früher habe ich so viel gefühlt, meine Sinne waren sensibel und scharf. Jetzt bin ich völlig gefühllos. Ich will Zeit mit meinem Kind verbringen und ihm zeigen, was die Welt zu bieten hat …«

Nadia redete immer verworrener, und Kati sah sie erstaunt an. Sie erinnerte sich an ihr erstes Zusammentreffen, wie es sie zusammengeschweißt hatte. Sie hatte Nadia vor dem sicheren Tod gerettet, und in dieser Nacht hatte Erik Mann Kati versprochen, dass die Nymphe mit den Heilkräften deshalb ihr gehörte. Vielleicht trug sie auch die Verantwortung für Nadia. Darüber hatte sie nie nachgedacht. Sie nahm Nadia in die Arme und drückte sie an sich.

»Alles wird gut. Ich habe einen Plan, aber lass uns hierbleiben. Matilda ist für uns der Schlüssel in die Freiheit, aber ich habe noch keine Mittel, um mich den Satyrn zu widersetzen …«

Nadia machte sich los, und die Nymphen sahen sich lange an. Vielleicht war Nadias Blick nicht mehr so wild wie zuvor, aber Kati hatte dennoch das Gefühl, dass ein Teil ihrer früheren Freundschaft für immer verloren war.

»Gut«, sagte Nadia schließlich. »Wenn du mich mein eigenes Leben leben lässt. Ich brauche nicht viel, ich mache meine Arbeit und bin Gasparos Mutter.«

»Natürlich«, erwiderte Kati. Aber sie hatte auch früher schon gelogen.

15

Samuel war lange joggen gewesen, schien aber immer noch voller Energie zu sein. Didi saß am Gartentisch unter einem alten, dichtbelaubten Aprikosenbaum und verfolgte seine Dehnungsübungen im Schutz der Sonnenbrille. Wieder hatte sie das Gefühl, dass Samuel sich verändert hatte oder dass sich jemand anderes in ihm eingepflanzt hatte. Samuel war auch früher voll Energie gewesen und hatte sich für viele Sachen interessiert, aber jetzt war sein Verhalten fast manisch. Er erzählte viel von seinen neuen Arztfreunden, von Raoul und vor allem von Henry. Was Raoul anstellte und welch mörderische Caipirinhas er zusammenbraute und wie gut sich Henry mit Wein auskannte, wie viel er über die Medizingeschichte wusste und wie er auch die herrischsten Oberschwestern bezirzte. Didi ahnte, dass sie die zensierte Version der Männerabende erzählt bekam, denn Samuel umgab schon länger der Duft vieler Unbekannter, vor allem der einer fremden Frau, oder sogar mehrerer Frauen, aber Didi fragte nicht nach, denn sie wollte Streit vermeiden. Sie waren schon unglücklich genug ohne die Samen.

Schließlich verstummte Samuel, legte sich auf den Rücken ins Gras und atmete tief ein. Didi hätte alles dafür gegeben, sich neben ihn legen und ihm einfach nur nahe sein zu können. Vielleicht spürte er ihren Wunsch, denn er drehte sich auf die Seite und sah sie an. Seine Augen leuchteten vor Freude und Begeisterung. Didi schob die Sonnenbrille auf die Stirn. Genau diesen alten Samuel hatte sie vermisst.

»Heute ist auch noch etwas anderes Tolles passiert«, sagte Samuel lächelnd. »Henry hat mich zu einer Operation mitgenommen. Ich war zuerst völlig baff, als er mich bat, die Bauchspeicheldrüse zu entfernen, aber nachdem ich den ersten Schnitt gemacht hatte, hab ich nicht mehr gezittert, und es ging einfach super!«

Didi schob die Sonnenbrille wieder zurück, damit Samuel ihr die Enttäuschung nicht ansah. Er war gar nicht ihretwegen begeistert, sondern wegen Henry und seinem eigenen Erfolg. Didi wusste, dass Samuel sein eigenes Talent finden wollte; unter den Nymphen und Satyrn fühlte er sich nur durchschnittlich. Die

Sache hatte allerdings viele Haken, und auch wenn Didi Samuel diesen Moment gönnte, in dem er eindeutig glücklich war und vor Freude über seine eigenen Fähigkeiten überschäumte, musste Didi direkt werden.

»Du erinnerst dich aber, dass du für unsere Sicherheit verantwortlich bist?«, fragte sie, und ihr Herz schlug, als sie sah, wie das Feuer in Samuels Augen erlosch. »Du beschützt unser Geheimnis. Als Kati unseren Umzug hierher organisierte, war ein wesentlicher Teil des Plans, dass du in der Pathologie arbeitest.«

Samuel sprang auf, und Didi erschrak. Für den Bruchteil einer Sekunde hatte Samuel bedrohlich ausgesehen. Einen solchen Blick hatte sie bei ihm noch nie gesehen. Dann war der befremdliche Ausdruck wieder verschwunden, Samuel stöhnte nur kurz auf, unterdrückte aber seine Wut.

»Niemand hat mich gefragt, ob ich das will«, sagte er langsam.

»Mich hat auch niemand gefragt«, verteidigte sich Didi. »Wir müssen jetzt tun, was zu tun ist.«

»Gerade jetzt muss ich gar nichts«, sagte Samuel fast höhnisch. »Du brauchst mich im Moment nicht, um deine Taten zu vertuschen, weil du den nächsten Mann erst in ein paar Wochen triffst, wenn wieder Vollmond ist.«

Samuel wusste, dass er Didi genauso gut einen Schlag ins Gesicht hätte versetzen können, wirkte aber nicht, als würde er das Gesagte bereuen.

»Was hast du eigentlich?«, brachte Didi mit Mühe heraus. Sie war verletzt und verärgert und hasste es, dass sie so durchschaubar war. Sie fing an zu zittern. »Du glaubst doch wohl nicht, dass ich jemals mit jemand anderem zusammen sein wollen würde! Ich muss es nur, weil wir noch keine Samen haben.«

»Wieso treibst du dich dann mit diesem Daniel herum?«, fragte Samuel. »Ich dachte, du suchst schon die nächsten Opfer und wählst dann denjenigen aus, mit dem du am meisten Spaß hast.«

»Ich habe andere Gründe, Daniel näher kennenzulernen«, fing Didi an, fuhr aber nicht fort. Hätte sie mehr erzählt, dann hätte sie auch von Izabella und Karoliina berichten müssen, und dazu war sie noch nicht bereit.

»Welche Gründe?«, fragte Samuel, und als Didi schwieg, wurde er bleich. »Oder kannst du den Typen nicht flachlegen, weil du wirklich in ihn verliebt bist?«

Didi kochte. Sie hätte Samuel am liebsten angegriffen, ihm mit der offenen Hand ins Gesicht geschlagen. Nur mit größter Mühe konnte sie sich beherrschen. Sie traute sich nicht einmal, sich vorzustellen, welche Folgen das für Samuel hätte. Schon bei einer kleinen

Berührung ihrer Lippen konnte er das Bewusstsein verlieren. Dennoch wollte sie ihn am liebsten verletzen und verfluchte sich, dass sie in diesem Anfall von Gefühlen keine scharfen Worte fand. Sie ballte die Hand zu einer Faust, um nicht einfach loszuschreien.

In diesem Moment bekam er eine SMS, und die Schnelligkeit, mit der er zu seinem Handy sprang, ließ Didi zugreifen. Sie riss es ihm aus der Hand. Samuel schaute zunächst verächtlich, dann ängstlich. Didi rannte los, und noch bevor Samuel sie daran hindern konnte, war sie im Haus und schloss die Tür hinter sich ab. Samuel blieb auf der anderen Seite der Glastür und rief ihren Namen. Didi öffnete die letzte Nachricht. *Nach der Arbeit? Die Einladung steht.* Erst danach registrierten ihre Augen den Namen des Absenders. Agnes. Sie sank auf einen Stuhl, Samuel hatte mit dem Rufen aufgehört. Er hatte diesen Namen im Traum geseufzt. Leidenschaftlich geseufzt. *Agnes, Agi* … Didi drehte sich der Magen um. Samuel hatte eine andere. Deshalb hatte er sich so verändert. Sie durchsuchte das Handy und fand noch mehr anzügliche Nachrichten. Und dann Bilder einer lächelnden, hübschen jungen Frau. Einer lächelnden und wenig bekleideten Frau. Und dann kam ein Bild, auf dem die bloße Brust einer Frau zu sehen war, die Brustwarze stolz nach oben gereckt. Darunter stand ein Text. *Die müsste ich wohl mal einem Arzt zeigen …* Da machte sich in Didi eine Kraft bereit. Sie stand auf, drehte sich um, sah Samuel an und presste das Handy mit den Bildern gegen die Scheibe.

»Das war nur ein Spielchen!«, rief Samuel. »Die Krankenschwestern haben einen seltsamen Humor! Nichts ist passiert!«

Didi starrte Samuel an. Sie wollte ihm jedes Wort glauben, aber der Traum war jetzt viel zu lebendig in ihrem Kopf.

»Hast du nicht mit dieser Agnes getanzt? Bist du nicht mit ihr raus in den Regen gegangen und hast es mit ihr getrieben? Hast du nicht in nassen Kleidern *Agi* … geseufzt?«

Samuels Gesicht, das durch das alte Glas verzerrt war, sah überrascht und erschrocken aus und zeigte, dass Didi recht hatte. Sie trat einen Schritt zurück. Plötzlich zersprang das Glas in tausend Scherben, und Samuels blutige Hand tastete nach dem Schloss. Die Tür sprang auf, und er war mit ein paar Schritten bei Didi. Er streckte die Hand nach ihr aus, wagte es aber nicht, sie zu berühren.

»Es war ein Spiel«, sagte er leise. »Mehr als ein Flirt war da nicht. Ich wollte, aber ich konnte nicht …«

»Das ist ja toll«, erwiderte Didi eisig. »Du bist ein so edler und guter Mensch, dass du dich zurückhalten kannst, auch wenn sich dir eine Hure aufdrängt. Willst du auch heute Abend wieder deine Willenskraft testen?«

Didis Wut hatte jetzt solche Ausmaße angenommen, dass sie bereit war, Samuel zu schlagen. Sie bemerkte, wie sie die Hand hob, als sie jemand am Handgelenk festhielt.

»Tu das nicht«, sagte Sofia und wandte sich an die anderen beiden Nymphen, die dazugekommen waren. »Kümmert ihr euch um Samuels Hand. Zieht sorgfältig alle Scherben raus und verbindet die Wunden.«

Didi ließ sich von Sofia führen, denn plötzlich hatte sie all ihren Willen und ihre Kraft verloren. Sie war gefühllos. Samuel, von dem sie vor allem Treue erwartet hatte, hatte sie betrogen. Sofia führte sie zum Sessel im Wohnzimmer und holte ihr ein Glas Wasser mit etwas Bergamotte, damit sie sich beruhigte.

»Ich glaube nicht, dass Samuel dich betrogen hat«, sagte Sofia nach einer Weile.

»Was ist Betrug? Wenn man in Gedanken mit jemand anderem zusammen ist, wenn man jemand anderen küsst, wenn man die Hand unter das Shirt eines anderen schiebt … Ist das nicht Betrug?«

Sofia wiegte nachdenklich den Kopf.

»Ihr macht eine schwere Zeit durch«, sagte sie schließlich zu Didi. »Samuel macht eine schwere Zeit durch. Er hat viel hinter sich gelassen, um hier mit dir zu sein und um uns allen zu helfen.«

»Stehst du jetzt auf seiner Seite?« In Didi brodelte es im Nu wieder, und Sofia hob ihr erneut das Glas an die Lippen.

»Du bist die Nymphe mit dem Knoten«, sagte sie und strich zärtlich die roten Haare aus Didis Gesicht. »Ich bin immer auf deiner Seite.«

Didi lehnte den Kopf an Sofias Schulter und atmete leise.

»Was soll ich denn beim nächsten Vollmond tun?«, fragte sie seufzend.

»Du rettest dich«, antwortete Sofia. »Das ist das Wichtigste. Ich suche die ganze Zeit nach neuen Samen und habe auch schon neue Setzlinge … Oder machst du dir auch um etwas anderes Sorgen?«

Didi wusste, wie feinfühlig Sofia war, konnte sich aber gerade niemandem anvertrauen. Sie musste handeln, wie Kati es in gefährlichen Momenten tat, und alles so lange wie möglich für sich behalten. Das war die einzige Möglichkeit, die Fäden selbst in der Hand zu haben.

Didi überlegte kurz. Aus dem Badezimmer im Untergeschoss waren die Stimmen von Samuel und den anderen Nymphen zu hören. Ihr wurde klar, dass sie nicht mit Samuel am gleichen Ort sein konnte. Und sie hatte sowieso lange genug gewartet. Sie hatte wichtige Dinge zu erledigen, die sie genauso gut auch jetzt hinter sich bringen konnte.

»Halte Samuel von mir fern«, sagte sie zu Sofia. »Ich ziehe mich um und gehe raus. Ich muss etwas erledigen. Vielleicht kann ich etwas erzählen, wenn ich zurückkomme.«

Sofia sah sie forschend an, nickte aber zustimmend.

»Ich lasse dich nicht in Samuels Nähe«, versprach sie.

Didi stand ein wenig wacklig auf. Als Sofia ins Badezimmer ging, um den anderen zu helfen, lief Didi nach oben. Sie zog sich schnell einen sauberen Rock und eine Bluse an, denn sie musste ordentlich aussehen. Dann kämmte sie sich die struppig gewordenen Haare möglichst glatt und band sie zu einem Knoten im Nacken. Sie betrachtete ihr Spiegelbild. Noch ein paar unaufdringliche Ohrringe, flache Ballerinas und etwas korallenfarbener Lippenstift. Niemand konnte ihr ansehen, dass man ihr vor wenigen Minuten das Herz gebrochen hatte, das in genauso viele Scherben zersprungen war wie die Scheibe der Tür.

Didi nahm ihre Handtasche und lief nach unten, um noch einmal den Stimmen der anderen zu lauschen. Dann ging sie nach draußen und sah sich um. Sie hätte schwören können, dass sie in den letzten Tagen beobachtet worden war, aber auch jetzt war niemand zu sehen. Vielleicht lag es am Chaos in ihrem Leben, dass sie sich alles Mögliche einbildete. Egal. Jetzt wollte sie handeln.

16

Nadia **betrat den von ihrem Elixier** schimmernden Untersuchungsraum und staunte noch immer über die Geschwindigkeit, mit der Warre handelte. Alles war innerhalb von zwei Tagen verfügbar gewesen, und Warre selbst hatte ihre Mitarbeiter ausgewählt. Nadia hatte alle von ihr gewünschten Geräte und Materialien bekommen, ein Diffusionsgerät und einen Kühlinkubator, von denen sie früher nur hatte träumen können. Und das Beste war, dass niemand ihre Forschungen oder ihre Methoden in Frage stellte. Da die Anweisungen direkt vom Geschäftsleiter kamen, hatte kein einziger der hochqualifizierten Angestellten Kritik geäußert oder sich über Naturheilmittel lustig gemacht. Nadia konnte das Team bestens leiten. Ihr Eifer wuchs von Tag zu Tag, denn endlich hatte sie das Gefühl, voranzukommen.

Das Arrangement hatte zudem den Vorteil, dass niemand sich wunderte, wenn Warre sie mitten am Arbeitstag zu einer Besprechung rief.

»Ich kann in einer halben Stunde kommen«, sagte Nadia zu der Assistentin, denn sie wollte noch die letzten Ergebnisse der Analyse überprüfen.

»Der Direktor hat jetzt Zeit«, antwortete die Frau freundlich, aber bestimmt.

»Gut«, sagte Nadia und folgte ihr in den Aufzug. Vielleicht wollte Warre auch weiterhin deutlich machen, wer die Fäden in der Hand hielt, das störte Nadia nicht weiter. Gerade konnte alles nicht besser laufen, und sie ertrug sogar Kati und Matilda, die ihr Leben störten.

Die Frau ließ Nadia in Warres leeres Büro ein und blieb selbst an der Tür stehen. Inzwischen war Nadia schon daran gewöhnt, dass Warre sie in der großen Badewanne erwartete. Das passte ihr gut, denn sie selbst wollte ebenfalls dort hinein. Schon auf der Treppe war das Rauschen des Wassers zu hören, und der Gedanke an die Zärtlichkeit ließ sie ruhig werden. Der Geruch nach Pflanzen und die Wärme erreichten ihre Haut, und sie zog sich aus. Erst fiel die Laborjacke zu Boden, dann der Rest. Nadia saß nackt auf dem Wannenrand und ließ kurz eine Zehenspitze ins Wasser eintauchen. Warres Blick war jeder ihrer Bewegungen erwartungsvoll gefolgt. Er griff nach Nadias Knöchel, und Nadia ließ sich langsam ins Wasser und auf seinen Schoß ziehen. Sie legte die Hand auf Warres Schlüsselbein und schloss die Augen, während sie zuhörte, was der von Tag zu Tag stärker werdende Körper ihr erzählte. Was sie erfuhr, ließ sie zusammenzucken. Ihre Berührung gab Warre Kraft, ihre Lippen ermutigten die Zellen zu kämpfen. Jetzt presste sie die Lippen auf den Punkt, auf dem ihre rechte Hand geruht hatte, und ließ sie abwärts bis zu seinem Herzen gleiten. Warres Glied war bereits steif, aber erst jetzt ließ sie ihn langsam in sich ein und begann, sich wiegend zu bewegen. Sie hatten es beide nicht eilig, und Nadia ließ ihre Gedanken zum nächsten Vollmond schweifen. Dann würde sie sicher am stärksten sein und könnte Warre endgültig das Geschenk eines neuen Lebens machen. Vielleicht auch sich. Die Momente mit Mathias hatten Freude in ihr geweckt, Genuss und Lust, die sie nicht mehr erwartet hatte. Plötzlich hörte sie sich aufstöhnen. Sie musste lächeln und presste die Oberschenkel gegen Warre. Sie war bereit und bewegte sich schneller. Mathias' Hände lagen fest auf ihrem Hintern, und nur einen Augenblick später sanken sie erschöpft in sich zusammen.

»Geh noch nicht«, flüsterte Mathias, als sich Nadia ein wenig bewegte, um sich von seinem Schoß gleiten zu lassen. Sie drückte sich erneut an den feuchten Körper des Mannes, und sie ruhten sich gemeinsam aus.

»Wenn ich doch aus dir ein Elixier herstellen könnte«, sagte Mathias an Nadias Brust. »Könnte man all dies nur in einer Kapsel einfangen. Ein Wundermittel, das alle Leiden heilt.«

»Dieses Mittel ist nur für dich«, lachte Nadia, bemerkte dann aber, dass Warre sie forschend ansah. Sie machte sich los und ließ sich auf dem Rücken treiben. Sie hoffte, dass das samtweiche und warme Wasser das unangenehme Gefühl wegspülen würde, das sie überkommen hatte. Langsam öffnete sie die Augen und sah Mathias an. Er hatte sie um Hilfe gebeten, aber jetzt war er herrisch und fordernd.

»Du weißt, dass das unmöglich ist«, sagte Nadia. Sie glitt zur anderen Seite der Wanne und setzte sich.

»Warum?«, fragte Warre. »Hat man das je versucht? Überleg nur, was für ein Produkt wir in den Händen hätten. Die ganze Welt würde es haben wollen.«

»Produkt?«, wiederholte Nadia und traute ihren Ohren nicht. Plötzlich ertrug sie Mathias' Nähe keine Sekunde länger. Sie stieg aus der Wanne, nahm eines der luxuriösen Handtücher, die bereitlagen, und trocknete sich ab, als könne sie den Mann mit jedem Tropfen von ihrer Haut wischen.

»Nadia, sei nicht sauer«, sagte Mathias und stieg

ebenfalls aus der Wanne. Nadias Blick folgte den Wasserrinnsalen, die den straffen Körper entlangflossen, und bald stand Mathias neben ihr und half ihr beim Abtrocknen. Nadia atmete tief ein und versuchte, sich zu beruhigen.

»Ich bin zu weit gegangen«, sagte Mathias. »Entschuldige. Es ist nur so wunderbar, sich jeden Tag ein bisschen gesünder zu fühlen, wenn man schon dachte, man würde sterben. Ist es nicht menschlich zu hoffen, dass auch andere dasselbe erfahren können?«

Nadia sah ihn vorsichtig an, während er die Hand hob.

»Ich habe mich hierauf eingelassen«, sagte Nadia und sprach jedes Wort einzeln aus. »Ich habe dir geholfen. Nur dir. Niemand sonst darf davon wissen.«

»Natürlich nicht«, erwiderte Mathias lächelnd. »Und ich helfe dir. Du darfst für mich Amrita entwickeln und was du selbst gerne willst.«

Nadias Wut ließ allmählich nach, und sie zog ihre Arbeitskleidung wieder an. Natürlich kannte sie den Wunsch, zu heilen und zu helfen. Genau dieser Wunsch hatte ihr ganzes Leben bestimmt und hatte ihr dazu verholfen, dass sie Mathias gegenüber etwas empfand. Sie war nicht bereit, das aufzugeben, was ihre Sinne aus dem Winterschlaf weckte.

»Ich muss zurück zur Arbeit«, sagte Nadia, lächelte

jetzt aber bereits wieder und drückte Mathias einen schnellen Kuss auf die Lippen.

»Ich werde gesund«, sagte Mathias. »Jeden Tag habe ich mehr Energie. Ich spüre es richtig.«

»Ich auch«, erwiderte Nadia.

Die Assistentin, die Nadia begleitet hatte, war nun von einer anderen abgelöst worden – Warre schien eine ganze Armee davon zu haben –, die sie zurück in die Forschungsabteilung brachte. Nadia machte mit der Ergebnisanalyse weiter, wenn ihr auch die Worte von Mathias noch im Kopf herumgingen. Sie ließen sie an eine andere Gelegenheit denken, als sie viel aufs Spiel gesetzt hatte, um eine fast Unbekannte zu retten.

»Du musst diese Aufgabe erfüllen«, sagte Erik Mann über das kleine Ölgemälde hinweg, das er in der Hand hielt, und sah Nadia dabei kaum an. »Danach weiß ich, dass ich dir vertrauen kann, und du kannst wieder in aller Ruhe deine Heilmittel zubereiten.«

»Das klingt gefährlich«, sagte Nadia und hob den Blick. »Ich soll einen schwerverletzten Satyr heilen, während noch Feinde vor Ort sein könnten. Wer kommt mit, um mich zu beschützen?«

Erik stellte das Gemälde auf das Gestell, ging ein paar Schritte zurück und bewunderte das feine Porträt noch kurz, ohne ein Wort zu sagen. Nadia wartete. Ihr

Leben hing an einem seidenen Faden. Zum allerersten Mal hatte sie sich unter dem gewaltsamen Einfluss des Mondes befunden. Sie hatte von seinen Folgen gehört und auch manchmal von Nymphen, die durch seine Macht gestorben waren, aber nichts hatte sie auf solche Schmerzen vorbereitet. Sie hatte in den Mondstrahlen gelegen und gespürt, wie sie in kleine Stücke gerissen wurde, wie sie Zelle um Zelle dahinsiechte. Und damit nicht genug. Die Beklemmung war wie ein Monster gewesen, das ihr in den Kopf und ins Herz gebissen und ihr Tropfen für Tropfen die Kraft entzogen hatte.

»Ein Satyr hat dein Leben gerettet. Schuldest du dann nicht einem anderen etwas?«, fragte Erik und setzte sich auf den Diwan, wo er sofort von einer jungen Nymphe einen Weinbecher gereicht bekam.

»Genaugenommen hat mich eine andere Nymphe gerettet«, sagte Nadia. »Sie will ich dabeihaben. Zwei Frauen wirken nicht gefährlich und kommen schneller voran. Wenn alles stimmt, was du erzählt hast, dann erwartet man um Neapel herum die Rückkehr der Satyrn. Außerdem hast du selbst gesagt, dass diese Nymphe eine außergewöhnliche Kämpferin ist und gut mit Pferden umgehen kann. Ich muss den Satyr retten, und dann müssen wir ihn hierher transportieren. Ich will Echaterina Ordana als Schutz.«

Nadia beendete ihre Rede und wartete Eriks Reaktion ab. Sie sah, wie sie die Gedanken des Satyrs angeregt hatte, hoffte aber, dass er schnell eine Entscheidung traf. Sie wusste, dass Echaterina so gut wie tot war.

»In Ordnung.« Erik trank den Becher mit einem Schluck aus. »Ihr könnt nach Neapel gehen. Ich belebe diese kühne Nymphe selbst, und ihr könnt aufbrechen, sobald ihr Zustand es zulässt.«

Bereits am selben Abend waren Nadia und Kati auf dem Weg und ritten bis zum frühen Morgen, als sie endlich zu einer passenden Herberge gelangten. Doch keine der beiden tat ein Auge zu. Kati setzte sich auf einen Stuhl und umgab sich mit Waffen, Nadia las ein Buch über Heilpflanzen, das sie mitgenommen hatte.

»Du musst wichtig sein für die Satyrn«, sagte Kati schließlich. Es war ihr erster Satz zu Nadia.

»Ich bin eine Heilerin«, sagte Nadia ruhig. »Die Satyrn wollen mich immer in der Nähe haben, damit ich sie oder jemanden ihrer Verbündeten behandeln kann, wenn sie wollen.«

»Und die Satyrn bekommen immer, was sie wollen«, sagte Kati, und der Hass in ihrer Stimme ließ Nadia aufhorchen.

»Du hasst die Satyrn«, sagte Nadia, die Wahrheit

ahnend. »Warum bist du dann freiwillig zu ihnen gekommen?«

»Ich hatte es satt, Abfälle zu essen und wie eine Ratte zu leben«, antwortete Kati.

Nadia aber schüttelte den Kopf. Sie hörte an Katis Stimme, dass sie log oder zumindest nicht die ganze Wahrheit sagte. So erzählte sie von sich selbst, wie sie am Ufer des Comer Sees gelebt hatte und wie das Leben sie schließlich in das Rudel von Erik Mann gebracht hatte. Kati hörte ihr genau zu.

»Hast du von der Nymphe mit dem Knoten gehört?«, fragte Nadia.

»Das ist nur ein Märchen«, zischte Kati. »Eine Geschichte der Satyrn, mit der wir gefügig gehalten werden sollen. Angeblich gibt es eine Retterin, und wenn wir nur warten, dann verändert sie das ganze Leben der Nymphen und befreit uns von der Übermacht der Satyrn. Deshalb versuchen die Nymphen nicht, sich selbst zu befreien, sondern warten zahm wie Schlachttiere auf die Hilfe irgendeiner Legende.«

»Von den Satyrn kennt kaum einer die Geschichte«, antwortete Nadia. »Sie gehört uns Nymphen. Ich ertrage das alles, wenn ich daran glauben kann, dass ich irgendwann freikomme.«

»Geh schlafen«, sagte Kati.

»Echaterina.« Nadia betonte den Namen. »Ich werde

nie vergessen, dass du mich gerettet hast. Wenn du etwas brauchst, dann musst du mich nur bitten, und ich helfe, ohne zu fragen.«

»Geh schlafen«, wiederholte Kati. »Wir haben einen langen Ritt vor uns.«

Es dauerte noch einen ganzen Tag, bis sie das Bauernhaus erreichten, in dem sich der Satyr mit ein paar Vertrauten verbarg. Der Rest der Gruppe war in einem Hinterhalt umgekommen.

»Ich bin Lucas«, begrüßte sie einer der Satyrn, dessen Kleider zerrissen und dreckig waren und der seine Hand mit einem Tuch verbunden hatte. »Ich bringe euch zu ihm.«

Lucas brachte sie in eine Schlafkammer, wo starker Eisengeruch von vergossenem Blut zeugte. In der Kammer war es dunkel, und Nadia zündete zunächst ein paar Kerzen an. Erst dann ging sie zu dem Bett, in dem ein Satyr im Fieberwahn lag. Auch Kati stellte sich neben das Bett und sah den Verletzten an, als würde sie abwägen, ob er noch lebensfähig war oder ob es überhaupt noch wichtig war, ob es einen Satyr mehr oder weniger in der Welt gab.

»Ich bin eine Heilerin«, flüsterte Nadia. Sie öffnete ihre Tasche, nahm die auf der Reise gesammelten Pflanzen heraus und bat um möglichst viel sauberes Wasser. Im Vorbeigehen sah sie Kati an.

»Du kannst behilflich sein. Eigentlich brauche ich mindestens eine Wanne oder ein Wasserbecken, aber so etwas gibt es hier nicht. Du kannst uns übergießen, während ich ihn behandle … Wie ist dein Name?«

Die aufgesprungenen Lippen des Satyrs bewegten sich leicht, aber seine Stimme war nur ein trockenes Rasseln. Er konnte kaum die Augen öffnen.

»Mitchell«, sagte Lucas leise hinter ihnen. Er stellte Wasserkrüge auf den Boden. »Was kann ich tun?«

»Zieh Mitchell aus und nimm ihm die Verbände ab«, antwortete Nadia und zog auch sich selbst aus. »Dann bringst du mehr Wasser, so viel wie möglich.«

Lucas gehorchte. Die nackte Nadia schöpfte mit den Händen Wasser über sich und Mitchell. Dann nahm sie die Heilkräuter und Blumen und rollte sie zwischen den Handflächen, um die ätherischen Öle aus ihnen herauszupressen. Behutsam strich sie die Kräuter auf Mitchell, der leise stöhnte. Als sie fertig war, setzte sie sich neben ihn. Kati hatte alles stumm verfolgt.

Vielleicht hat sie nie Heilungen gesehen, dachte Nadia und presste die Lippen auf die am schlimmsten verwundete Stelle. Sie spürte, wie Kati ihr ungläubig zuschaute.

»Wir brauchen Wasser«, sagte Nadia leise und setzte sich auf Mitchell. »Du musst uns ununterbrochen damit übergießen. Er ist fast tot, aber wir können es schaffen.«

Ein paar Stunden später schlief der Patient, aber Kati und Nadia aßen und tranken gierig und erschöpft. Sie waren bereits satt, als sie vom Bett her eine Bewegung wahrnahmen. Der Satyr war aufgewacht und sah sie fast vorwurfsvoll an. Nadia wunderte sich.

»Ihr habt mich gerettet«, sagte Mitchell mit rauer Stimme. »Jetzt kann man mich also noch bestrafen.«

»Warum?«, kam Kati Nadia zuvor.

»Der große Anführer der Satyrn«, sagte Mitchell höhnisch. »Er hatte von einem hiesigen Bildhauer eine Frauenstatue bestellt, aber ein anderer Herrscher hat sie gesehen, sich direkt in sie verliebt und sich die gleiche bestellt. Das konnte der große Anführer nicht ertragen, er wollte, dass man den Bildhauer umbringt. Die Soldaten des Herrschers waren allerdings vor Ort, als wir ankamen, und man hat uns in einen Hinterhalt gelockt. Viele von uns sind gestorben … Es ist nicht meine Schuld, sondern die von Korda!«

»Das kannst du dem Konklave doch berichten«, sagte Nadia. »Jetzt musst du dich aber ausruhen.«

»Ja, ich muss mich ausruhen, um zu sterben«, sagte Mitchell, und seine Stimme brach.

»Wo ist die Statue jetzt?«, fragte Kati.

»Ein Teil unserer Truppe hat sie dem Befehl gemäß

nach Budapest gebracht«, sagte Mitchell. »Natürlich ist die Statue – einer Frau! – wichtiger als unser Leben.«

»Ruh dich aus«, sagte Kati im Befehlston. Sie hatte das Gejammer des Satyrs anscheinend satt. »Morgen müssen wir weg von hier.«

Kati hat mich gerettet und ich Kati, auch wenn sie das nicht weiß, dachte Nadia auf dem Weg nach Hause. Sie hatte es nicht erzählt, weil sie wusste, dass es Kati schwergefallen wäre, ihr zu danken, und weil sie spürte, dass sie in Katis Schuld stand. Es verband sie dennoch miteinander, ebenso wie die erste Aufgabe, die sie zusammen erfüllt hatten. Oder Mitchells Undankbarkeit, die an sie beide gleichermaßen gerichtet war. Manchmal hatten sie sich lachend daran erinnert.

Nadia öffnete die Tür, nahm den warmen Gasparo glücklich vom Kindermädchen entgegen und entließ sie nach Hause. Nadia vermisste ihr Kind tagsüber und hatte Schuldgefühle, dass sie nicht mehr Zeit für ihn hatte, aber die Manie, das Elixier zu entwickeln, war stärker. Nach der Fertigstellung würde sie unendlich viel Zeit für Gasparo haben und ein glückliches Leben führen.

Nadia machte sich und dem Jungen etwas zu essen und wollte gerade ein Bilderbuch mit ihm ansehen, als die Tür aufgerissen wurde und Kati vor ihr stand. Hinter ihr kam Matilda in einem albernen kurzen Top und Shorts. Die Brüste des Mädchens waren voller dunkler Flecke.

»Du könntest dich ja ein bisschen bedecken!«, schrie Kati wutentbrannt. »Die Leute denken, ich hätte dir die Quetschungen zugefügt.«

»Das hast du im Prinzip auch«, sagte Matilda kühl. »Du lässt mich schließlich immer noch keine richtige Nymphe sein.«

Manchmal vermisste Nadia das Nymphenrudel und ihre Freundinnen, aber diese Streitereien fehlten ihr nicht. Sie machte sich trotzdem Sorgen.

»Es ist doch noch nicht Vollmond«, sagte sie zu Matilda. »Wie kannst du jetzt schon Flecke haben?«

»Die kommen immer früher«, antwortete das Mädchen und jammerte – wenn schon mal jemand Mitleid mit ihr zeigte. »Und alles tut weh.«

»Du Heulsuse. Die heutigen Nymphen taugen zu nichts mehr«, sagte Kati. »Sie haben keine Grundfertigkeiten, nicht einmal ihre Beute können sie abziehen. Oder gar Erfahrenere respektieren.«

»Leck mich am Arsch«, sagte Matilda fröhlich.

»Du könntest Gasparo baden«, meinte Nadia versöhnlich und reichte dem Mädchen das Kind. Sie hatte gesehen, wie liebevoll sich Matilda um den Jungen kümmerte, und vertraute ihr zumindest in dieser Hinsicht.

»Gut, denn wir müssen reden«, sagte Kati.

Nadia sammelte Gasparos Spielzeug und seine Bücher in einen Korb, aber Kati setzte sich hin und wartete, bis sie fertig war und nichts mehr da war, was sie noch hätte wegräumen können.

»Und jetzt?«, fragte Nadia schließlich und stellte sich vor Kati auf.

»Ich habe mir unsere Situation durch den Kopf gehen lassen und bin zu dem Ergebnis gekommen, dass wir den Schaden begrenzen müssen«, sagte Kati und kam damit direkt zur Sache.

»Welchen Schaden?«

»Das ist noch ein wenig unklar. Deshalb brauche ich die Namen all derer, mit denen du bei Pharcel gearbeitet hast«, sagte Kati.

»Ich arbeite da nur«, erwiderte Nadia.

»Es ist eindeutig, dass dort auch anderes passiert. Du bist mit einem Menschen zusammen, und allem Anschein nach ist es Mathias Warre«, sagte Kati, und Nadia bemerkte, wie sie ungewollt zusammenzuckte.

»Vielleicht müssen wir auch nichts unternehmen, aber solange ich dich kenne, hast du die Nymphen befreien wollen. Jetzt könnte die Zeit gekommen sein. Ich muss wissen, ob du uns irgendwie verraten hast.«

Nadia drehte sich der Magen um. Kati hatte recht, und auch die Ereignisse des Nachmittags hatten sie ahnen lassen, dass von Mathias nicht unbedingt nur Gutes zu erwarten war. Er hatte sein Gerede über das Wunderheilmittel als spontanen Einfall abgetan, aber er war ein erfolgreicher Geschäftsmann, ein Milliardär. Das wurde man nicht, wenn man zu sentimental war. Außerdem wurde er täglich stärker; er hätte immer mehr Kraft, um Nadia zu überzeugen. Und wenn es ihm nicht gelingen würde? Er würde sicher nicht vor harten Maßnahmen zurückschrecken. Nadia wollte gar nicht darüber nachdenken.

Wenn sie nicht selbst ihre eigenen Forschungen zu Ende bringen konnte – deshalb war sie ja überhaupt auf das Spiel eingegangen –, dann konnte sie Warre auch gerne vergessen. Nadia traf ihre Entscheidung.

»Mathias Warre ist schwer krank«, sagte sie. »Ich habe ihn behandelt.«

»Verdammt nochmal«, fluchte Kati mit tiefer Stimme. »Wer weiß davon?«

»Niemand sonst«, bemühte sich Nadia zu versichern.

Kati lehnte sich auf dem Sofa zurück, und Nadia sah sie genau an. Was Kati als Nächstes sagen würde, war entscheidend.

»In Ordnung«, meinte sie einen Moment später. »Vielleicht müssen wir noch nichts tun, aber du musst mir eine Liste mit Namen machen, falls es doch eng wird, damit wir wissen, vor wem wir uns in Acht nehmen müssen.«

Nadia nickte und seufzte innerlich vor Erleichterung auf. Eine Namensliste war ein geringer Preis dafür, dass sie mit Gasparo das Leben fortsetzen konnte, dessen Kulissen sie sorgfältig aufgebaut hatte.

17

Didi gab sich alle Mühe, souverän zu wirken, als sie die Lobby des Hotels Szép betrat, in der man erfolglos versucht hatte, die Atmosphäre einer antiken Bibliothek zu schaffen. Sie wählte einen Sessel, von dem aus man gut bis zu den Aufzügen sehen konnte, und tat so, als würde sie E-Mails auf ihrem Handy lesen. Kati hatte immer geraten, sich der Umgebung anzupassen, in der man sich befand, und Didi hoffte innig, dass ihr das gelang. Hier hatte sie Karoliina das letzte Mal getroffen. Die Ereignisse danach waren ein einziger Wirrwarr in ihrem Kopf, aber eines war sicher: Karoliina hatte etwas über ihre Vergangenheit und die Statue gewusst, die in ihren Träumen herumspukte. Vielleicht war Karoliinas Zimmer noch nicht wieder für den Gebrauch freigegeben, und sie konnte dort etwas finden, und wenn es nur eine winzige Spur war.

Aus dem Augenwinkel sah sie, wie zwei Hotelangestellte durch die Lobby in Richtung Aufzug gingen. Das war ihre Gelegenheit. Sie schaffte es gerade noch rechtzeitig in den Aufzug und lächelte die beiden jungen Frauen an. Auf der Arbeitskleidung der Dunkleren stand der Name Béata. Etwas an ihr irritierte Didi, aber sie musste das Spiel weiterspielen.

»Oje, ich finde meine Chipkarte nicht«, sagte sie und lächelte nett. »Mein Zimmer ist im 4. Stock, Zimmer 415. Könnten Sie mich dort hinbringen? Ich habe es ein wenig eilig, ich muss mich für eine Sitzung umziehen, damit mein Boss nicht sauer wird.«

»Haben Sie 415 gesagt?«, fragte die blonde Frau. »Sind Sie sich ganz sicher?«

»Ja, doch …« Didi versuchte, die Stimme stabil zu halten.

»Das ist geschlossen«, sagte Béata nachdrücklich, und ihr aufmerksamer, vielleicht sogar leicht misstrauischer Blick traf Didi. »Sie müssen sich irren.«

»Das kann gut sein«, lachte Didi. »Ich bringe immer alles Mögliche durcheinander. Dann muss ich wohl in die Lobby zurück und klären, wo ich eigentlich hinmuss.«

Die beiden Frauen fuhren in den sechsten Stock, wo andere Leute in den Aufzug einstiegen, mit denen Didi zurück nach unten fuhr, aber Béata sah sie noch einmal fragend an, bevor sich die Türen des Aufzugs schlossen. Didi ging in die Damentoilette des Hotels und schloss sich in eine Kabine ein. Sie musste sich etwas anderes überlegen, da es unmöglich war, in Karoliinas Zimmer zu gelangen. Aber die dunkelhaarige Frau hatte ihr Interesse geweckt. Wie konnte sie ihr näherkommen? Was würde Kati jetzt tun? Einen Augenblick später kam Didi aus der Kabine: Sie hatte die Haare zum Pferdeschwanz gebunden und die eleganten Ohrringe abgenommen. Sie benahm sich nicht mehr wie ein Hotelgast, sondern wie ein normales Mädchen, das sich ein wenig über den feinen Ort wunderte, als sie zum Empfang ging.

»Entschuldigung«, sprach sie den Rezeptionisten ein wenig scheu und hilfesuchend an. »Ich hätte durch den Personaleingang kommen sollen, habe ihn aber nicht gefunden. Ich bin als Praktikantin hier und müsste in den Umkleideraum. Können Sie mir sagen, wie ich da hinkomme?«

Der Mann erklärte es ihr freundlich, und bald schon schlüpfte sie durch eine kleine Seitentür in den Flur und weiter zum Umkleideraum. Glücklicherweise war dort niemand. Schnell fand sie den Schrank, auf dem *Béata Tara* stand. Das Schloss ließ sich leicht öffnen. Schließlich hatte Didi Kati als Lehrerin gehabt. Der Schrank enthielt nur normale Kleider, doch eine leichte Berührung bestätigte ihr, was sie die ganze Zeit vermutet hatte. Sie schloss die Augen und ließ die Hand noch einmal durch den Stoff wahrnehmen, dass Béata eine wie sie war. Eine Nymphe. Sie war sich aber genauso sicher, dass sie nicht auf ihrer Seite stand.

Plötzlich waren vom Gang Stimmen zu hören. Didi schlich in die Toilette und setzte sich. Zwei Frauen kamen in den Umkleideraum. Eine von ihnen war Béata. Sie redeten über alles Mögliche und zogen sich um. Wenn Béata die Sinne einer erfahrenen Nymphe hatte, würde sie möglicherweise Didis Berührung auf der Jacke spüren. Didi versuchte, gleichmäßig zu atmen. Anscheinend war sie nicht aufgeflogen, denn die Frauen gingen.

Didi wartete kurz, doch sie musste Béata auf den Fersen bleiben. Sie lief den Flur zur Hintertür des Hotels entlang und dann auf die Straße, wo sie gerade noch sah, wie Béata in einen Bus stieg. Jetzt musste sie sich beeilen. Sie musste herausfinden, wohin die Nymphe fuhr, denn wenn sie im Hotel arbeitete, gab es sicher eine Verbindung zu Karoliina. Didi hob schnell die Hand, um ein Taxi anzuhalten, das gerade an ihr vorbeifuhr.

»Folgen Sie diesem Bus«, sagte Didi zum Fahrer, der sie im Rückspiegel fragend musterte, doch sie sah so entschlossen aus, dass der Mann nichts weiter fragte, sondern tat, was sie befohlen hatte. Mit einigem Abstand folgte das Taxi dem Bus, der erst breite Hauptstraßen entlangfuhr, allmählich aber in der Abenddämmerung weiter in einen Stadtteil kam, den Didi nicht kannte. Die Häuser dort waren alt, groß und sahen teuer aus, die Straßenlampen beleuchteten schmale Straßen, die mit Pflanzen geschmückt waren. Hinter den Mauern lagen geschützte Gärten. Didi vergaß beim Bewundern der vielen Details fast ihr Vorhaben, aber dann sah sie Béata, die bereits schnellen Schrittes eine Seitenstraße entlang bis zu einem gelben, palastähnlichen Gebäude lief. Das Haus war von Gerüsten umgeben, aber riesengroß

»Anhalten«, befahl Didi dem Fahrer. »Wo sind wir?«

»Rózsadomb heißt die Gegend«, antwortete er. »Rosenberg. Hierher fahre ich selten.«

Didi bezahlte rasch und folgte der Nymphe unbemerkt. Béata ging gerade durch das von Efeu bedeckte Seitentor des gelben Hauses, das leicht quietschte. Didi selbst öffnete es langsam und lautlos und rannte dann in den Schatten des Hauses. Sie musste einen Weg hinein finden, denn sie hatte nicht vor, den Eingang zu benutzen. Wenn Béata zu einem Nymphenrudel gehörte, das es sich leisten konnte, an so einem Ort zu wohnen, mussten auch Satyrn mit von der Partie sein. Didi ging langsam um das Haus herum und fand dahinter Treppen und den Bediensteteneingang. Die Tür war fest verschlossen, aber auch an dieser Wand stand ein Gerüst. Didi spähte nach oben und sah, dass im zweiten Stock die Tür eines französischen Balkons offen stand. Sie kletterte hinauf. Über das niedrige Geländer gelangte sie in einen riesigen Saal, der anscheinend gerade renoviert worden war. Die mit gelben und grünen Wedeln verzierten Seidentapeten glänzten im Dämmerlicht. Die Kristalle des Kronleuchters ließen die letzten Sonnenstrahlen in den verschiedenen Tönen des Prismas noch für einen Moment die funkelnden Wände entlangscheinen. Didi musste in Anbetracht dieser Schönheit tief Atem holen. Sie hätte den Saal auch noch länger bestaunen können, aber sie hatte ja eine Aufgabe. Sie wollte wissen, was in diesem Haus geschah und wer hier wohnte.

Leise öffnete sie einen Teil der Flügeltür und spähte in den Flur. Dort war ein breiter Treppenabsatz zu sehen und ein kuppelartiges Dach mit Gemälden und Vergoldungen. Auf der rechten Seite befand sich eine steile Wendeltreppe, die nach unten führte. Ein Teil des Mobiliars war noch immer von Planen und Schutzfolien verhüllt. Hier und da standen Farbeimer und anderes Zubehör. Jemand, der unendlich viel Geld besaß, richtete den kleinen Palast wieder wunderschön her.

Da hörte Didi Stimmen auf der linken Seite und zog

sich schnell in den Saal zurück. Die Tür ließ sie einen Spalt offen.

»Ich bin sicher, dass es die Rothaarige war«, sagte eine Stimme, die zweifellos Béata gehörte.

»Warum bist du ihr nicht gefolgt?«, fragte eine tiefe Männerstimme wütend.

Béata stand jetzt an der Tür, und der zornige Ton ließ Didi zusammenzucken. Doch dann wurden Béatas Gesten und die Art, wie sie redete, weicher.

»Das habe ich versucht«, sagte sie, als die beiden die Treppe hinuntergingen. »Ich konnte sie nur nirgends mehr sehen, als ich in die Hotellobby zurückkam. Aber wir finden sie sicher.«

»Das sollten wir«, erwiderte der Mann. »Sonst wird es schwierig, dem Herrscher zu erklären, warum du schon so nahe dran warst und nichts getan hast.«

Das Gespräch setzte sich fort, aber die beiden waren nun in einem Zimmer ein Stockwerk tiefer. Didi musste hinterher! Sie sah sich um und schlich dann auf der Treppe nach unten in eine riesige Halle, von der aus Zimmer in verschiedene Richtungen abgingen. Wo sollte sie hin?

Sie versuchte, etwas zu hören, konnte aber keine Stimmen ausmachen. Zudem war es wirklich dunkel, und das Licht anzuschalten war keine Option. Die einzige Lösung war, einfach eine der Türen auszuwählen und zu sehen, wohin sie führte. Didi wählte die erstbeste und schlüpfte durch den Türspalt. Sie stand direkt vor einer Plastikplane, und es dauerte ein wenig, bis sie eine Öffnung fand, durch die sie in den Raum kam. Der offene und hohe Salon ging allem Anschein nach in Richtung Osten, denn trotz großer Fenster war es dunkel. Und gespenstisch. Sämtliche Möbel waren mit hellen Laken überdeckt. Didi hob eines ein wenig hoch, bis sie der Versuchung nicht mehr widerstehen konnte und es vollständig herunterzog. Ein prachtvoller, barock-klassizistischer Polstersessel kam zum Vorschein. Der Hausherr sah sich zweifellos als Sonnenkönig. Man hätte über die Schwülstigkeit lachen können, aber sie hatte auch etwas Schönes an sich. Plötzlich erschrak Didi, und sie hätte fast laut aufgeschrien, denn es sah aus, als wäre noch jemand anderes im Raum. Dann bemerkte sie, dass es ein Gegenstand sein musste. Er stand auf einem Sockel und war fast menschengroß. Didi kramte das Handy aus ihrer Tasche, um in dessen Licht besser sehen zu können. Im nächsten Augenblick fiel ihr das Telefon fast aus der Hand. Sie sah sich selbst an! Sie war eine aus Alabaster gefertigte Statue, hell und glänzend, nackt, genau wie in ihrem Traum.

Oder vielleicht ist das ein Traum, dachte sie für einen Moment, wusste aber, dass alles Realität war.

Sie trat einen Schritt zurück. Der Blick der Statue schien ihr zu folgen. Auf den Lippen des Mädchens war ein leichtes Lächeln zu sehen, das so natürlich war, dass man fast erwartete, dass sich die Mundwinkel noch weiter nach oben ziehen würden. Doch die Statue war leblos. Didi ging langsam um sie herum. Sie hatte es nicht für möglich gehalten, dass die Statue tatsächlich existierte. Woher kam sie? Wem gehörte dieses Haus? Didi war völlig durcheinander, und es dauerte ein wenig, bis sie verstand, dass vor der Tür Schritte zu hören waren. Plötzlich wurde ihr klar, dass sie sich verstecken musste. Sie schlüpfte unter eines der Laken.

»Wer hat die Leiter verschoben?«, fragte eine männliche Stimme.

»Keine Ahnung«, antwortete Béata. »Vielleicht ist doch jemand hier. Wir müssen alle Räume durchsuchen.«

Didis Herz pochte, als die Lichter im Salon angingen. Sie hatte das Gefühl, dass ihr Herzschlag bereits deutlich zu hören war. Als sie mehrere Beinpaare vor sich sah, fürchtete sie, Spuren hinterlassen zu haben. Sie hörte, wie jemand in der Luft schnupperte.

»Irgendwer war hier«, sagte eine sehr tiefe Männerstimme und trat gegen das von Didi zu Boden gezogene Laken.

»Lasst uns weitergehen.«

Kurz darauf gingen die Lichter aus, und die Tür fiel zu. Didi krabbelte unter dem Stoff hervor und sah sich um. Vielleicht sollte sie einfach abwarten. Zur Tür traute sie sich zumindest nicht. Sie sah noch einmal zur Statue, als würde sie um Rat fragen, sah aber den Farbeimer nicht, der auf dem Boden stand, und stieß mit dem Fuß dagegen. Der Eimer fiel krachend um. Didi erstarrte. Das war sicher zu hören gewesen. Sie musste schnell ein neues, sicheres Versteck finden, denn sie war bereits früher in die Fänge der Satyrn geraten und wusste, wozu das führen konnte.

Von der Tür her waren bereits Laufschritte zu hören. Didi versuchte, hinter die Plastikplane zu gelangen, um eine zweite Tür zu suchen, fand aber den Durchgang nicht. Ihr Blick blieb an den hohen Fenstern hängen. Sie stolperte dorthin und bekam das Eckfenster auf, von wo sie auf einen Vorbau sah, der breit genug war, um darauf stehen zu können. Sie traute sich kaum zu atmen, geschweige denn, hinunterzusehen, als sie vorsichtig hinauskletterte. Dann versuchte sie noch, das Fenster hinter sich zuzuziehen, damit ihr Fluchtweg nicht sofort entdeckt wurde. Sie entfernte sich ein wenig vom Fenster und versuchte, keinen Laut von sich zu geben. Im Salon klapperte es, Abdeckungen und Planen wurden beiseite gezogen. Didi hörte ein schweres Keuchen. Sie konnte sich vorstellen, wie die Augen des Satyrs bereits rot loderten, vor Wut und vor Freude über die Jagd.

»Da steht das Fenster auf«, rief Béata.

Im selben Moment nahm Didi einen Satyr am Fenster wahr. Dann beugte sich jemand aus dem Fenster. Didi sah, wie die Hörner aus der Stirn des Wesens sprossen und die roten Augen suchend in den Garten starrten. Sie wagte nicht mehr zu atmen. Wenn sie es schaffte, noch ein wenig stillzustehen, würden die Suchenden weiterziehen, und sie würde im Schutz der Dunkelheit fliehen können. Noch einen kleinen Moment …

Didi begriff nicht gleich, dass die starke Hand des Satyrs ihre rechte Brust traf, spürte aber, wie sie sich direkt in ihr Fleisch drückte. Der Schmerz war grauenvoll, als wäre etwas in ihrer Brust explodiert. Sie drehte sich zu dem Satyr, als hätte er sie zu sich gezogen. Seine Hörner waren nun zu voller Größe gewachsen. Didi sah in die glühend roten Augen, der Schmerz schien sie zu verbrennen, und sie wartete darauf, dass das Monster ihr das Leben nehmen würde. Der Satyr starrte sie an, und seine Miene veränderte sich: Zuerst hatte er sie wütend angesehen, jetzt war sein Ausdruck voller Genugtuung, geradezu ekstatisch. Dann betrachtete der Satyr seine eigene Hand, die glänzte und von innen heraus Funken zu schlagen schien. Er lächelte seltsam, brüllte dann vor Schmerz und fiel nach hinten um.

Didi konnte sich aus dem harten Griff lösen. Sie dachte nur noch an die Flucht und ließ sich von dem Vorsprung auf die Erde fallen, ohne sich darum zu kümmern, wie hoch es war. Unten wuchsen hübsch geschnittene Büsche, die sie weich fallen ließen. Dennoch wich die Luft aus Didis Lungen, und sie konnte nur daliegen und den Nachthimmel anstarren, als Béatas Gesicht im Fenster erschien.

»Sie ist dort unten!«

Was passiert jetzt mit mir?, dachte Didi. Ein widerliches Brennen auf der Brust presste ihr Herz zusammen und schien sich in Richtung ihres Halses zu bewegen. Ich sterbe …

Dann beugten sich zwei Gestalten über sie. Didi konnte nichts mehr tun.

18

Ihr **habt mich gefunden«**, lallte Didi. Sie spürte Hände auf ihrer Brust und schaffte es nur mit Mühe, die Augen zu öffnen. Jemand beugte sich über sie.

»Natürlich haben wir dich gefunden«, erwiderte Sofia. »Wir sind dir doch gefolgt. Hast du wirklich gedacht, dass wir die Nymphe mit dem Knoten in diesem Zustand alleine irgendwo hingehen lassen?«

Die Nymphe mit dem Knoten, dachte Didi und wäre in düsteres Lachen ausgebrochen, hätte nicht der Schmerz in jede Faser ihres Körpers ausgestrahlt. Wie ein böser Strom floss er durch die Adern. Und trotzdem war es der Gedanke an die Nymphe mit dem Knoten, der sie das Atmen wenigstens versuchen ließ. Als sie auf dem Boden gelegen hatte, hatte sich der Tod für einen Moment wie eine verlockende Alternative zum reißenden Schmerz angefühlt. Dennoch hatte sie in einem Winkel ihres Gehirns den Willen zum Leben entdeckt, als sie an ihr eigenes Rudel gedacht hatte und an die Tausenden von Nymphen, die noch immer Hoffnung hegten.

Ich muss am Leben bleiben, hatte sie gedacht. Nur so kann ich Matilda und uns andere wenigstens noch eine Weile beschützen …

Didi wandte den Blick ein wenig von Sofia ab und sah Alexandra, die mit einem aus Weiden geflochtenen Korb ins Zimmer kam, in dem sich Blumen und andere Pflanzen befanden. Sie bemerkte, dass sie nackt und fast unbeweglich in ihrem eigenen Bett lag.

»Der Satyr …«

»Spar dir deine Kräfte«, sagte Alex und gab Laetitia ein Zeichen, die daraufhin einen Wasserkrug brachte und Pilze darin einweichte. Didi schloss die Augen. Dieses eine Mal fiel es ihr leicht zu gehorchen. Sie spürte, wie zärtlich sie gewaschen und gestreichelt wurde, wie ihr der aromatische Duft der Blumen in die Nase stieg und der Schmerz allmählich nachließ. Sie wollte etwas sagen und kämpfte kurz gegen den Schlaf an, ließ sich aber von dem beruhigenden Streicheln und den auf das Handgelenk gedrückten Küssen einnehmen. Ihr letzter Gedanke ging zu dem reinen Alabaster, dem blinden Blick der Statue …

Als Didi das nächste Mal aufwachte, ging es ihr

schon besser, aber als sie Sofias, Alex' und Tias besorgte Gesichter sah, ahnte sie, wie es um sie stand.

»Werde ich gesund?«, fragte sie, und erst da merkten die anderen, dass sie wach war.

»Ja«, sagte Tia.

»Du bist die schlechteste Lügnerin, die ich kenne«, sagte Didi lächelnd, streckte sich vorsichtig und spürte, wie ihre Arme und Beine funktionierten, wenn auch mit Mühe. Ihre Haut roch leicht nach Ingwer, man hatte ihr ein cremefarbenes Nachthemd übergezogen und an den Füßen trug sie flauschige Socken. Sie richtete sich auf, wobei ihr die anderen sofort zu Hilfe kamen und ihr ein Kissen unter den Rücken schoben. Erleichtert ließ sie sich hineinsinken.

Alex setzte sich neben Didi auf das Bett und untersuchte ihren Arm und ihre Schläfen. Die Wärme der Finger fühlte sich so gut an, dass Didi sich gerne in ihren Schoß gelegt hätte, aber die Ernsthaftigkeit der Nymphe ließ sie zögern.

»Ich kann deine Symptome lindern«, sagte Alex leise, und Didi sah, wie Laetitia sich abwandte, um ihre Tränen zu verstecken.

»Allerdings hat der Satyr die Hand direkt auf dein Herz gedrückt. Eine solche Wunde habe ich noch nie gesehen. Sie wird allmählich die Oberhand gewinnen und deine Lebensfunktionen zum Stillstand bringen.«

Didi zog ihr Nachthemd nach oben. Der Anblick war abscheulich. Ihre Haut war dort, wo der Satyr die Hand gehabt hatte, kohlrabenschwarz und rußig und wirkte völlig leblos; die Adern daneben waren dunkel, und die giftige Farbe schien sich immer mehr auszubreiten. Wie ein Virus, der sich in ihre Haut fraß und ihr das Leben aus den Zellen nahm.

»Wie viel Zeit habe ich noch?«, fragte Didi, nachdem sie ein paar Mal geschluckt hatte. Vorsichtig ließ sie den Stoff wieder auf ihre Brust sinken.

»Zwei oder drei Tage«, antwortete Sofia. »Hängt davon ab, wie stark du bist. Mag sein, dass es dir jetzt besser geht, aber das ist nur vorübergehend.«

Ich darf nicht unruhig werden, dachte Didi. Sie dürfen nicht stutzig werden. Sie wollen die Nymphe mit dem Knoten sehen, die Kraft hat. Sie glauben an mich, und ich darf sie nicht enttäuschen.

»Das reicht«, meinte Didi. »In dieser Zeit schaffe ich es zu Nadia. Sie ist unsere beste Heilerin. Sie macht mich gesund.«

Oder zumindest sehe ich sie noch einmal, dachte sie. Und vielleicht auch Kati. Wir können noch ein letztes Mal zusammen sein. Didi senkte den Kopf leicht in Sofias Richtung, die sie zu verstehen schien und die anderen Nymphen aus dem Zimmer wies.

Sie warteten, bis sie nur noch zu zweit waren. Sofia

stellte einen Stuhl neben Didis Bett und nahm ihre Hand.

»Es kann sein, dass ich aufgeflogen bin«, sagte Didi leise. »Ich habe seit Tagen das Gefühl, dass man mich verfolgt.«

Didi erzählte Sofia in Kurzform, was passiert war, angefangen bei Karoliina. Sofia kommentierte nichts und beurteilte auch nicht, was sie hörte.

»Willst du wirklich zu Nadia?«, fragte Sofia dann, auch wenn sie die Antwort wusste.

»Ja. Du weißt, dass wir auf so etwas vorbereitet waren und für genau solche Fälle einen Plan haben«, erwiderte Didi. »Es ist alles abgesprochen. Du musst den Plan jetzt in die Wege leiten. Die anderen brauchen nichts davon wissen, und schon gar nicht Samuel …«

»Was ist mit mir?«, war die Stimme von Samuel zu hören, der plötzlich in der Tür stand. Didi hatte gerade das Gefühl gehabt, sich nur langsam bewegen zu können, aber jetzt drehte sich ihr Kopf in Sekundenschnelle zu Samuel. Allein die Stimme ihres Freundes erreichte, dass sie sich sicher fühlte. Genau das brauchte sie jetzt. Sie sah Samuel erwartungsvoll an, aber sein selbstzufriedener Gesichtsausdruck ließ ihr die Worte auf den Lippen ersterben.

»Mann, geht's mir gut«, gab Samuel bekannt und betrat das Zimmer. »Habt ihr gehört, wie ich gekommen bin? Ich bin auf Raouls Motorrad vom Krankenhaus hergefahren. So eins kauf ich mir auch. Raoul hat gesagt, dass er mich mal zum Hungaro-Ring mitnimmt.«

Samuel schien keine Antwort zu erwarten, und es schien ihn auch nicht zu stören, dass er sie unterbrochen hatte. Er wandte sich an Didi, da sie nicht reagierte.

»Du lungerst um diese Zeit noch im Bett herum? Ich dachte, du wärst schon bei einer deiner Kunstvorlesungen an der Uni. Dahin verschwindest du doch gerade dauernd«, sagte er ein wenig spöttisch und tat, als sähe er auf die Uhr.

Didi schwieg weiter. Der Schmerz in ihrem Herzen war so beißend, dass es ihr den Schweiß auf die Stirn trieb. Sie wollte Samuel nicht einmal ansehen, obwohl sie ihn noch vor wenigen Sekunden so wahnsinnig vermisst hatte.

»Hör auf.« Sofia sprach die Worte aus, als wären sie ein Peitschenhieb.

»Störe ich einen sensiblen Nymphenmoment?«, fragte Samuel leicht spöttisch. »Entschuldigt mich, aber ich muss ein bisschen schlafen, bevor ich ins Krankenhaus fahre. Manche von uns müssen wirklich arbeiten …«

Die Stille im Raum irritierte Samuel, und er stoppte mitten in der Bewegung. Plötzlich veränderte sich alles an ihm. Erst jetzt sah er, wie schwach Didi war. Er stürzte zum Bett und beugte sich zu ihr. Als er ihre Schulter berührte, schrie sie auf vor Schmerz.

»Verzieh dich«, sagte Sofia.

»Was ist passiert?«, fragte Samuel und ging nur ein paar Schritte zurück. »Was kann ich tun? Ich bin Arzt!«

»Deine Fähigkeiten bringen nichts«, erwiderte Sofia verächtlich. »Und du riechst nach fremder Frau. Du machst Didi nur unglücklich.«

Samuel zog sich etwas weiter zurück. Didis Nasenlöcher hatten sich bereits erweitert.

»Warst du bei dieser Agnes?«, zischte sie. »Du stinkst ...«

»Du hast mich doch selbst vertrieben«, flüsterte Samuel mit kaum hörbarer Stimme. »Ich war wütend und bin mit Raoul was trinken gegangen. Wir waren in irgendeiner Bar, er hat Agnes und ein paar andere Krankenschwestern eingeladen. Ich hatte vor, es zu tun, Agnes und ich waren schon ... Aber ich konnte nicht.«

»Du wolltest eine andere«, sagte Didi nun mit völlig sicherer Stimme, auch wenn sie vor Schmerz und Enttäuschung am liebsten geweint hätte. Sie wurde schwach.

»Du wolltest mit einer anderen Frau zusammen sein. Ich kann dir nicht mehr vertrauen. Du gehst besser.«

»Du bist krank«, sagte Samuel und kam näher zum Bett. »Was ist mit dir passiert? Wir alle helfen dir, wir tun, was auch immer …«

Didi schaffte es nicht mehr, weiterzumachen. Sie drückte das Gesicht auf ihr Kissen und hob die Hand, so dass Sofia wusste, dass sie die Zügel in die Hand nehmen sollte.

»Geh«, sagte Sofia und schob Samuel, der jetzt völlig gelähmt wirkte, zur Tür. Jegliche Überheblichkeit war von ihm gewichen. Er war blass, und seine Augen waren gerötet.

»Danke, dass du dich uns geöffnet hast, aber wir brauchen dich hier nicht mehr. Du hast jetzt neue Freunde, mit denen du dich prächtig verstehst. Geh zu ihnen.«

Sofia schob Samuel aus dem Zimmer und schloss die Tür. Dann kam sie wieder zu Didi.

»Ruf sie an«, sagte Didi. »Darüber muss man nicht mal diskutieren; wir handeln nach Plan und genau so, wie vereinbart. Dann hilfst du mir beim Anziehen.« Die Blicke der beiden Nymphen trafen sich. Sie waren Katis Ratschläge mehrmals genau durchgegangen, hatten aber nicht erwartet, dass der Ernstfall eintreten würde. Jetzt war alles unabwendbar.

»Du weißt, dass die Infos weitergeleitet werden, sobald du deinen Pass am Flughafen vorlegst«, sagte Sofia, als wolle sie Didi noch die Möglichkeit geben, ihre Entscheidung zu widerrufen.

»Das weiß ich, ja«, antwortete Didi. »Ruf sie an.«

Samuel wollte am liebsten sofort wieder auf Raouls Motorrad steigen und so weit und so schnell fahren, dass dieses ganze elende Chaos nur noch Staub in der Luft wäre. Niemand würde ihn vermissen, er könnte im Nu verschwinden.

Dann dachte er an Didis fiebrige Augen und ihre blasse Haut, an ihr irgendwie zerbrochenes Wesen, und konnte sich nur in die Küche schleppen und sich neben Laetitia auf einen Stuhl fallen lassen. Laetitia stand sofort auf, schloss die Küchentür und stellte eine Tasse Tee vor Samuel. Er sah sie gereizt an. Lieber hätte er einen Schnaps oder ein großes Glas Rotwein auf einmal hinuntergekippt. Seine Lust am Alkohol und seine Trinkfestigkeit hatten in der letzten Zeit zugenommen. Laetitias besorgter Gesichtsausdruck veranlasste ihn jedoch, ruhiger zu werden, und er tat so, als würde er den Tee trinken. Schweigend saßen sie da. Unbemerkt beobachtete Samuel Tia, der deutlich anzusehen war, dass etwas Ernstes passiert war. Mit ein bisschen Geduld würde er sie zum Reden bringen.

»Wo ist Alex?«, fragte Samuel nach einer Weile. »Hat sie etwas für Didi zubereitet?«

Tia gab sich mit einem Nicken als Antwort zufrieden. Vielleicht hatte man ihr das Reden verboten.

»Vielleicht könnte ich auch helfen, wenn ich nur wüsste, was mit Didi los ist. Weißt du mehr?«

»Wir müssen abwarten«, sagte Tia leise. »Sicher klärt sich bald alles. Und Alex kennt sich mit Kräutern und Heilmitteln aus.«

Das Geräusch eines anhaltenden Autos war vor dem Haus zu hören, dann Schritte von oben. Didi und Sofia kamen die Treppe herunter. Samuel sprang auf und wollte zur Tür, doch Tia stellte sich ihm ungewöhnlich entschlossen in den Weg. Er fasste die Nymphe an den Schultern, um sie zur Seite zu schieben, aber Tias lange Finger fanden seinen Hals. Samuel kam aus dem Konzept. Die Berührung war warm, und er sah an Tias Fingerspitzen ein schwaches, flimmerndes Licht. Er hatte das Gefühl zu schweben, und es war unmöglich, die Tür aufzureißen, da er keinen Boden unter den Füßen hatte. Er sah nach unten und bemerkte, dass er immer noch auf dem Steinboden der Küche stand. Wie durch einen Nebel hörte er, wie Sofia von einem Flughafen sprach und Alex über Medikamente, kurz darauf gingen sie nach draußen. Dann kam Alex wieder in die Küche und nickte Laetitia zu.

»Hallo, Samuel«, sagte sie. »Wie geht's?«

Samuel ging langsam zum Tisch zurück. Er versuchte, wieder in der Realität zu landen; er musste einen klaren Kopf bekommen und wieder handlungsfähig werden.

»Ehrlich gesagt bin ich unglaublich müde«, sagte er und gähnte breit.

»Ich kann dich ins Bett bringen«, sagte Tia. Samuel sah bereits aus, als würde er dem Vorschlag zustimmen, strich sich dann aber durch die Haare und roch an sich.

»Erst mal muss ich baden«, sagte er und lächelte leicht verlegen. »Das war eine lange Nacht.«

»Ich lasse dir Wasser ein«, bot Alex an. »Und gebe ein paar beruhigende Kräuter ins Wasser, dann schläfst du besser. Die Muskelanspannungen lassen dadurch nach.«

»Danke.«

Alex zog Laetitia mit sich in die Eingangshalle, und Samuel hörte kurz ihre leisen Stimmen. Dann schlüpfte er ins Wohnzimmer und von da aus nach draußen. Ein paar Sekunden später raste er bereits mit Raouls Motorrad in Richtung Flughafen. Was auch passiert war, er konnte Didi nirgendwo hinlassen. Zumindest nicht ohne Schutz. Plötzlich wurde ihm klar, dass es seine Aufgabe war, immer seine Aufgabe gewesen war. Er war eine Eiche und hatte sein Versprechen gegeben. Etwas hatte ihn auf Abwege gebracht, aber das war nur vorübergehend gewesen. Er würde Didi finden und ihr Vertrauen zurückgewinnen, egal wie viel Zeit es kosten würde. Alles andere war unwichtig. Die Euphorie, die er in Raouls und Henrys Gesellschaft empfunden hatte, weil er neue Dinge getan und erreicht hatte, war die eines Augenblicks und im Nu verschwunden. Seine Liebe zu Didi hingegen war von Dauer, ewig.

Samuel scherte sich nicht um die Folgen, als er das Motorrad einfach vor dem Flughafen abstellte. Er war bereits zu dem Ergebnis gekommen, dass Didi sicher ins Ausland fliegen wollte, aber wohin? Er hielt nach der Anzeigetafel Ausschau, hatte aber keine Ahnung, wohin Didi wollen würde. Zurück nach Finnland? Das war einigermaßen wahrscheinlich. Samuel wusste, dass Kati mit Matilda in Tammisaari geblieben war. Er verspürte einen Stich im Herzen. Didi musste jetzt bei Kati Schutz suchen, weil er ihr keinen hatte bieten können. Er musste sie überreden und in Sicherheit bringen. Alles würde in Ordnung kommen. Flüge nach Helsinki oder in die nordischen Länder gab es aber in den nächsten Stunden nicht. Didi musste ein anderes Ziel haben. Samuel sah in alle Richtungen des weitläufigen Gebäudes. Die von ihm so geliebten roten Haare, die er sich manchmal wie ein Band um das Handgelenk gewickelt hatte, mussten sich doch von der Masse abheben …

Nachdem er ein bisschen zwischen den Reisenden und dem Meer an Koffern hin- und hergegangen war, blieb er stehen. Er schärfte den Blick, da er glaubte, eine bekannte Gestalt gesehen zu haben. Plötzlich schubste ihn jemand, ging aber ohne Entschuldigung weiter. Samuels Augen weiteten sich vor Erstaunen. Die lange, dunkelhaarige Frau war Izabella Szabó, die Polizistin, die im Krankenhaus gewesen war. Das war sicher kein Zufall. Wie zu Stein erstarrt beobachtete Samuel, wie die Frau sich zielstrebig vorwärtsbewegte und jemandem ein Zeichen gab, in welche Richtung zu gehen war. Samuel wandte den Blick dorthin. Etwas entfernt stand ein gepflegter Mann in enganliegendem, protzig aussehendem Anzug, der Izabella ebenfalls beobachtete und schließlich mit großen Schritten in die von ihr angegebene Richtung ging. Samuel hielt weiter nach Didi Ausschau, dann aber drang etwas bis in sein Gehirn vor. Ihm stockte der Atem. Diesen Mann hatte er schon einmal gesehen! Ein Gefühl von Übelkeit überkam ihn und hinterließ einen bitteren Geschmack in seinem Mund. Rasch wandte er den Kopf ab. Erinnerungen, die er lieber vergessen hätte, strömten in sein Gehirn. Vielleicht hatte er sie auch vergessen, sie weit nach hinten verdrängt, damit sie nicht in seinem Kopf herumspuken konnten. Trotzdem befand er sich plötzlich in einem von Fackeln beleuchteten Gang in Velanidia und sah ein Ungeheuer, dessen rote Augen vor Genugtuung funkelten, als es seinen Vater tötete. Den Vater, der in diesem Moment nur daran gedacht hatte, dass sein Sohn fliehen musste.

Eine Welle der Übelkeit überkam Samuel.

Ich habe Angst, dachte er benebelt und begriff dann, dass er zum ersten Mal in seinem Leben töten wollte. Er war voller Mordlust. Dieses Gefühl verursachte ein dumpfes Brummen in ihm, und es dauerte ein wenig, bis er sich wieder im Griff hatte. Er musste weitermachen. Worum auch immer es nun ging, Didi befand sich in noch größerer Gefahr, als er hatte ahnen können.

Er folgte Szabó und dem Mann in angemessenem Abstand. Sie schienen zu wissen, wo Didi war, und es war zweifelsohne das Beste, ihnen auf den Fersen zu bleiben. Samuel versuchte, schnell voranzukommen, aber von irgendwoher kam eine ganze Gruppe japanischer Touristen, so dass es ein wenig dauerte, bis er sich durch die Masse gekämpft hatte. Die ganze Zeit über hatte er Angst, Szabó und den Mann, von dem er jetzt mit Sicherheit sagen konnte, dass es ein Satyr war, zu verlieren. Das Einzige, woran er denken konnte, war Didi. Er musste sie zuerst finden. Und da entdeckte er inmitten der Menschenmasse rote Haare! Didi ging mit ruhigen, aber festen Schritten zur Sicherheitskontrolle. Wenn sie durchkam, würde Samuel sie nicht mehr erreichen können. Szabó aber kam mit ihrer polizeilichen Befugnis überall hin. Es ging um Sekunden. Samuel rannte los. Der Abstand wurde immer kleiner. Szabó und der Satyr beeilten sich ebenfalls. Plötzlich stellte sich ein mittelgroßer, sehniger, blonder Mann vor Didi und sah sie forschend an. Dann drehte er den Kopf leicht in die Richtung des Satyrs, der nickte. Der Mann drückte schnell die Hand auf Didis Brust. Sie sank zu Boden. Der Mann verschwand in der Menge.

»Nein!« Samuel schrie, so laut er konnte. Er war doch schon so nah. Er musste zu Didi, sie beschützen und in Sicherheit bringen. Er schwamm durch die Menschenmenge wie gegen einen Strom und versuchte, zu Didi zu gelangen, die mit dem Gesicht nach unten auf dem Boden lag. Neugierige Menschen und Leute, die ihre Hilfe anboten, versperrten ihm den Weg.

»Macht Platz! Ich bin Arzt!« Samuel kümmerte es nicht, dass Izabella Szabó ihn jetzt beobachtete. Er bückte sich, konnte aber keinen Puls fühlen. Er musste Didi umdrehen und wiederbeleben … Samuel atmete auf. Er sah das Mädchen mit den roten Haaren an, das Didi ähnelte, aber er hatte sie nie zuvor gesehen. Und das Mädchen würde ihn auch nie sehen, denn sie war tot. Samuel ließ den Kopf hängen. Es schien falsch, sich darüber zu freuen, dass ein fremdes Mädchen tot war. Als er wieder aufblickte, waren die Kommissarin und der Satyr verschwunden.

Sofia führte die schwache Didi zum Gleis. Als sie vor dem richtigen Waggon standen, sahen sie, dass sie bereits erwartet wurden. Eine Nymphe in der Uniform der ungarischen Bahn half Didi mit sicherem Griff die Stufen hoch. Didi drehte sich um und sah Sofia an.

»Ich vertraue dir«, sagte sie. »Seit die Samen vernichtet worden sind, ist viel passiert, aber ich liebe Samuel. Es fällt ihm nicht leicht, mit all dem umzugehen oder es zu akzeptieren, aber du musst dich um ihn kümmern.«

»Ich verspreche es dir«, sagte Sofia und reichte Didi eine kleine Reisetasche. »Da ist die Mixtur drin, die Alex gemacht hat. Vergiss nicht, sie in regelmäßigen Abständen zu nehmen, das wird dir helfen. Gute Reise.«

»Wir werden für eine Weile keinen Kontakt haben können«, sagte Didi, dann aber wurde ihr schwindlig, und sie konnte nicht weitersprechen. Sie spürte den festen, aber beruhigenden Griff der Nymphe und ließ sich zu ihrem Abteil führen.

»Hier kommt niemand sonst rein«, sagte die Nymphe und zog die Tür hinter Didi zu. »Ich bin Sylvia. Ich bringe dir gleich etwas zu trinken.«

»Danke«, seufzte Didi. Der Zug fuhr los, und sie schaffte es kaum, die Hand zu heben, um der am Gleis stehenden Sofia zu winken. Sie war weit gekommen, aber wahrscheinlich hatte eine andere Nymphe am Flughafen ihr Leben für sie geopfert. Für sie und die Freiheit. Sie hätte geweint, wenn sie die Kraft dazu gehabt hätte. Didi nahm das Telefon aus der Tasche und schrieb eine Nachricht.

Ich bin in ein paar Tagen da. Ich brauche Hilfe.

19

Aus der Rhône stiegen so früh am Morgen Nebelschwaden auf, und die Luft war klar. Die Frau genoss ihren Morgenlauf vor dem Arbeitstag im Büro in vollen Zügen. Sie lief mit federnden Schritten, konzentrierte sich darauf, tief einzuatmen, und verdrängte die Gedanken an lange Sitzungen und kurze Mittagspausen. Normalerweise beachtete sie die Landschaft nicht sonderlich, aber dieser Morgen war außergewöhnlich schön. Das Wasser im Fluss war klar und sein gleichmäßiges Rauschen beruhigend. Der Blick der Frau fiel auf die Wasseroberfläche, die sich merkwürdig kräuselte. Entweder war es ein Wirbel oder aber ein Fisch. Sie blieb kurz stehen, um genauer hinzusehen. Ihr Hund, der bereits weitergelaufen war, kam zurück und sah ebenfalls auf das Wasser. Plötzlich bellte er.

»Das ist nur ein Fisch«, sagte die Frau lachend und

stützte sich kurz mit den Handflächen auf die Knie, um Luft zu holen, bevor sie wieder weiterjoggte. Sie richtete sich auf, und der Hund begann zu wimmern. Etwas stieg langsam aus dem Wasser auf und die Frau ging im Kopf die Tiere durch, die im Fluss lebten. Es dauerte einen Moment, bis sie begriff, dass es ein Mensch war. Genauer gesagt ein junges, schmächtiges Mädchen. Die Frau stürzte darauf zu und kümmerte sich nicht darum, dass ihre neuen Turnschuhe nass wurden. Sie watete bis zur Taille in den kalten Strom, der bereits an ihr zerrte, aber sie wusste nur, dass sie das Mädchen ans Ufer bringen musste. Es war recht einfach, denn die Kleine wog fast nichts. Sie half ihr aus dem Wasser, doch das Mädchen sah sie nur mit großen Augen an, als würde es sich über ihre Angst wundern. Die Frau ließ sich schwer atmend auf den Boden sinken, während das Mädchen sich in seinem dünnen, hellgrünen Sommerkleid ohne jede Eile neben sie setzte und höchstens etwas neugierig wirkte. Der Hund gab keinen Laut mehr von sich, sondern hielt Abstand.

»Hast du was zu essen?«, fragte das Mädchen, und die Stimme war weich, fast hallend.

Die Frau klopfte ihre Taschen ab und fand einen feucht gewordenen Proteinriegel. Sie selbst war nicht in der Lage, die nasse Folie aufzureißen, aber das Mädchen nahm ihr den Riegel aus der Hand, riss ihn auf und stopfte sich den Riegel fast auf einmal in den Mund. Sie verschlang ihn, als hätte sie lange kein Essen zu Gesicht bekommen, und murmelte zufrieden vor sich hin. Langsam konnte die Frau wieder denken. Sie musste das Mädchen ins Warme bringen, dann konnte sie die Polizei und einen Arzt anrufen.

»Warte hier«, sagte sie und rannte mit dem Hund los. »Mein Auto steht nicht weit von hier. Ich hole es.«

Eine halbe Stunde später waren sie bereits zu Hause. Die Frau hatte dem Mädchen einen dicken Bademantel und Handtücher umgelegt, Tee gekocht und Essen auf den Tisch gestellt, denn das Mädchen wirkte vor allem ausgehungert. Sie war extrem dünn. Vielleicht hatte man sie irgendwo gefangen gehalten, womöglich jahrelang. In der Zeitung las man manchmal solche Dinge. Die Frau wagte nicht zu fragen, wie die Kleine ins Wasser geraten war. Man musste ihr Zeit lassen. Sie hatte sich allerdings ohne zu zögern vor ihr ausgezogen, und sie hatte keine Spuren von Gewalt gesehen, aber man konnte nie wissen …

Die Frau ging in das Zimmer nebenan. Sie war wirklich keine Expertin für solche Fälle. Am klügsten war es, die Polizei oder einen Arzt anzurufen, die das Mädchen in Obhut nehmen würden. Sicher würde sie Hilfe bekommen, wenn sie den Notruf anriefe. Die Frau tippte die Nummer ein und wartete. Sie hatte nicht bemerkt, wie das Mädchen lautlos neben sie gekommen war, und plötzlich zogen ihr die kalten Finger das Handy sanft, aber entschlossen aus der Hand.

»Ich kann dir nicht alleine helfen«, sagte die Frau und versuchte, dem Mädchen zuliebe ruhig zu bleiben. Sie dachte bereits an ihren unangenehmen und unfreundlichen Chef, der ihr den Grund für ihr Zuspätkommen nie abnehmen würde.

»Ich will nur fragen, wer herkommen könnte …«

Das Mädchen kam ihr ganz nahe, presste ihr beide Hände auf die Schläfen und sah ihr intensiv in die Augen. Sie lächelte, aber dem Lächeln fehlte jegliche Wärme.

Keinerlei Menschlichkeit, dachte die Frau, und dann bekam sie Angst.

»Wir brauchen niemanden hier«, sagte das Mädchen mit kindlicher, leiser Stimme. »Du bist sehr müde und solltest dich hinlegen. Schlafen ist die beste Medizin.«

Die Beine der Frau gaben nach, und sie sank zu Boden. Sie spürte, wie der Hund sie beschnüffelte und sich neben sie setzte. Dann hörte sie, wie das Mädchen Schränke öffnete, unnütze Dinge zu Boden warf, sich etwas zu essen suchte und zufriedene Töne von sich gab, wenn es das Essen in den Mund stopfte. Wenn die Frau versuchte, sich zu bewegen, gab das Mädchen flötenähnliche Töne von sich, und sie war wieder gelähmt. Die Schritte des Mädchens gingen in Richtung Schlafzimmer, doch es kehrte bald wieder zurück. Jetzt trug sie ein Cocktailkleid, eine Jacke und Flipflops.

Die trage ich immer auf der Terrasse, dachte die Frau und versuchte, sich aufzurichten. Die sind ihr zu groß …

Da ließ sie die flötenähnliche Stimme wieder zu Boden sinken. Sie spürte, wie ihr ein wenig Blut aus der Nase floss, konnte es aber nicht wegwischen. Dann wurde sie einfach nur unglaublich müde.

»Danke für die Einladung«, sagte Selene sanft zu Kati, die ihr gegenüber saß und interessiert verfolgte, mit wie viel Lust man gefrorene Krabben aufbrechen konnte. Die kleinen weißen Zähne zerkauten eine nach der anderen.

»Ich freue mich, hier zu sein.«

»Aber gerne doch«, sagte Kati und ging widerwillig ins Wohnzimmer, wo Nadia sie schon erwartete. »Matilda leistet dir Gesellschaft.«

Matilda grinste als Antwort, aber die unschuldig lächelnde Selene schien sie zu faszinieren. Selene reichte ihr eine Orange aus der Schale vor ihr, und Matilda nahm sie entgegen, als sähe sie zum ersten Mal in ihrem Leben Obst.

»Warum hast du eine Sirene hierher eingeladen?«, fragte Nadia Kati leise, als sie zu zweit waren.

»Ich wusste nicht, was du hier alles angerichtet hast«, antwortete Kati. »Und bin mir immer noch nicht sicher. Ich dachte, dass wir es vielleicht nicht ohne Hilfe von außen schaffen, alle Spuren zu beseitigen. Wir müssen uns versteckt halten, und die Zeit wird langsam knapp. Außerdem ist Didi auf dem Weg hierher.«

»Hierher?«, fragte Nadia erschrocken und ihrer Stimme war anzuhören, dass sie schon genug Probleme hatte.

»Sie ist in Not«, sagte Kati. »Sie braucht deine Hilfe. Und vielleicht ist es gut, wenn wir zusammen überlegen, was als Nächstes zu tun ist und wie wir Matilda in Zukunft davor bewahren, entdeckt zu werden.«

»Du denkst doch nicht wirklich an Didi oder Matilda. Du willst Macht, einen Platz im Konklave«, erwiderte Nadia verächtlich.

»Du denkst weder an Didi noch an Matilda, sondern nur an dein eigenes Wohl«, gab Kati zurück. »Ein Platz im Konklave ist für uns alle von Vorteil. Du stattdessen hast uns an mindestens einen Menschen verraten und, ohne es zu wissen, vielleicht noch an mehr. Du bist in Gefahr. Dein Kind ist in Gefahr. All das ist deine eigene Schuld.«

»Du hast diese Sirene hierher eingeladen, lange bevor du davon wusstest«, sagte Nadia. »Du denkst nur an dich. Gasparo ist auch deinetwegen in Gefahr.«

Die Nymphen starrten sich kurz mit flackernden Augen an und schienen bereit, aufeinander loszugehen. Doch sie wussten, dass man ihnen von der Küche aus genau zuhörte. Zum Streiten war jetzt keine Zeit.

»Gut«, sagte Kati dann. »Aber wir müssen zusehen, dass wir hier alles wieder in geordnete Bahnen kriegen. Wenn Warre tatsächlich der Einzige hier ist, der von unserer Existenz weiß, dann können wir Selene darum bitten, ihn verschwinden zu lassen.«

»Sprich es doch aus«, sagte Nadia und atmete tief durch. »Warum sagst du verschwinden lassen, wenn du eigentlich meinst, dass er getötet werden soll?«

»Reinheit ist die halbe Mahlzeit«, war Selenes klare Stimme aus der Küche zu hören.

Kati zog Nadia weiter von der Tür weg. Es war unnötig, die Situation schönzureden, aber Matilda musste ja nicht alles hören.

»Erinnerst du dich daran, wie du mir vor langer Zeit ein Versprechen gegeben hast?«, fragte Kati. »Ich habe dir dein Leben gerettet, und du hast versprochen, mir zu helfen, wenn ich dich darum bitten würde. Jetzt ist es so weit. Lass Selene bitte Warre und alle bei Pharcel umbringen, die uns gefährlich werden können. Allen Nymphen.«

Nadia schwieg. Sie hätte sich darauf berufen können, dass sie Katis Leben bereits ohne deren Wissen gerettet hatte, aber seit sie Gasparo das erste Mal im Arm gehalten hatte, sah sie die Welt und deren Gefahren anders. Sie würde den Trumpf aufsparen, falls sie eines Tages völlig verzweifelt sein würde, so dass Kati ihr dann die Hilfe nicht verwehren konnte.

»Kati, ich habe dir all die Jahrhunderte lang gehorcht, und das werde ich auch jetzt tun«, sagte Nadia. »Aber ich habe eine Bitte. Überlass Warre mir. Wir brauchen Selene nicht. Du kannst sie wegschicken. Ich befreie uns von Warre und schwöre, dass ich auch weiterhin für uns alle kämpfen werde. Ich schwöre, dass ich noch auf ein besseres Leben hoffe.«

Kati sah Nadia an, ohne ihr Erstaunen zum Ausdruck zu bringen. Oder hätte sie genau das erwarten sollen? Nadia sagte zwar, dass sie stets ihre Befehle ausgeführt hatte, aber eigentlich hatte sie dennoch immer ihren eigenen Weg gewählt.

»Heute Abend«, sagte Kati, nachdem sie kurz überlegt hatte. »Heute Abend muss es passieren. Bald ist Didi hier, und dann ist die Gefahr noch größer.«

»Heute Abend«, sagte Nadia. »Du kannst auf mich zählen.«

Die Nymphen drehten sich um und wollten in die Küche gehen, doch da standen sie Selene gegenüber, die den lachenden Gasparo im Arm wiegte. Nadia wurde blass und streckte den Arm aus, was den Jungen verstimmte. Dann sah der kleine Satyr die Sirene verzückt an.

»Babys sind immer zum Fressen süß«, sagte Selene zärtlich. »Ich bade ihn. Wo ist sein Zimmer?«

Nadia zeigte mit der Hand nach oben und ließ Selene gehen, auch wenn sie die Sirene noch so gerne begleitet hätte. Aber sie musste nun mit allen Mitteln beweisen, dass sie loyal war und Kati vertraute. Außerdem wollte sie für einen Moment alleine sein. Sie musste sich mental auf den Abend vorbereiten. Darauf, was die Einlösung ihres Versprechens bedeutete. Und ohne es zu wollen, dachte sie auch an den Satyr, dessen Leben sie damals nur gerettet hatte, weil man wollte, dass er seine Strafe bekam.

20

Mitchell stoppte seinen silbergrauen Audi. Das Auto war vielleicht ein wenig zu stattlich für einen Polizisten, aber er hatte Izabella erklärt, dass es konfisziert war und er es für kurze Zeit benutzen durfte, da er möglicherweise ein schnelles Auto brauchen würde. Sie waren schweigend vom Flughafen nach Budapest zurückgefahren, doch nun war es an der Zeit, sich zu unterhalten.

»Wir haben jetzt noch mehr Grund anzunehmen, dass Destinie Doulloin, die sich in Studentenkreisen bewegt, in einen Mordfall verwickelt ist, und wer weiß, vielleicht auch in andere Dinge«, sagte Mitchell, und Izabella nickte leicht. »Sie ist noch immer auf der Flucht, wir können aber nicht offiziell nach ihr fahnden lassen.«

»Was in aller Welt ist mit diesem anderen Mädchen

geschehen?«, fragte Izabella. »Sie ist einfach zusammengebrochen, sie war eindeutig ein Lockvogel. Man sah auch in der Überwachungskamera nicht richtig, was passiert ist. Irgendein Mann hat sich einfach vor sie gestellt, sie berührt und dann ist sie gestorben. Und was hat dieser Samuel Koski am Flughafen gemacht?«

Genau, dachte Mitchell. Samuel war ihm fast die ganze Fahrt über nicht aus dem Kopf gegangen, aber aus einem etwas anderen Grund als Izabella.

»Er muss irgendetwas damit zu tun haben«, sagte Mitchell. »Du hattest ihn bereits im Verdacht, die Todesursache gefälscht zu haben. Ich werde ihn von meinen Leuten überwachen lassen. Wir sollten auf Abstand bleiben, damit er nicht doch etwas ahnt und sich dann aus dem Staub macht. Immerhin siehst du die Wesen aber jetzt in Aktion, du siehst, wie gefährlich sie sind …«

Mitchell verstummte so lange, bis die Kommissarin sich zu ihm drehte und ihn fragend ansah.

»Izabella«, sagte Mitchell in einem Tonfall, als würde er sie in eine wichtige Sache einweihen wollen. »Du hast früher schon merkwürdige Dinge gesehen. Sicher verstehst du, dass man solche Wesen nicht einsperren kann.«

»Was willst du damit sagen?«

»Man muss sie eliminieren, und solche Fälle schreibt

man nirgends auf«, antwortete Mitchell und wartete Izabellas Reaktion ab. Entweder würde sie sich auf das Protokoll berufen oder aber die Sache akzeptieren. Damit würde sich entscheiden, wie lange Izabella selbst am Leben blieb.

»Ich trage die operative Verantwortung.«

»Das verstehe ich«, erwiderte Izabella nachdenklich.

»Sehr schön«, stellte Mitchell fest. »Dann sehen wir uns morgen.«

Mitchell fuhr zu einem exklusiven Weinladen und fluchte innerlich. Er würde Erik Manns Platz im Konklave bekommen, aber Gabriel Korda hielt ihn noch immer für seinen Laufjungen. Er hatte verlangt, dass Mitchell einige Kisten der exquisiten Weine aus der Gegend Villány kaufte und sie zum Weinkeller des kleinen Budapester Palastes brachte. Jeder hätte diese belanglose Aufgabe erfüllen können.

Mitchell aber meckerte nicht laut. Er hatte beschlossen, jede Aufgabe, die Korda ihm auftrug, zu erledigen und sogar noch Eigeninitiative zu zeigen. So würde er schnell aufsteigen im Konklave.

In der Enoteca änderte er seine Meinung über den Einkauf ein wenig, als ihm ein junger und gutaussehender Mann Weine zur Probe anbot. Mitchell dachte an den bevorstehenden Abend und bekundete sein Interesse, indem er die Geschmacksrichtungen professionell analysierte. Dann bestellte er sich selbst ein paar Weinkisten und schlug vor, dass der junge Mann ihm die Kisten am Abend vorbeibrachte.

Nichts ist so schlimm, dass es nicht auch seine guten Seiten hätte, dachte er. Einen entspannten Ausklang des Tages hatte er sich verdient.

Und der Abend begann auch vielversprechend. Lucas erwartete ihn mit gefrosteten Martinigläsern in der stilvollen Wohnung, die ihnen ein Budapester Satyr überlassen hatte. Nach dem ersten Drink nahm Mitchell eine Dusche und wusch sich den Staub des Tages ab. Das Rennen durch die Menschenmassen am Flughafen war nicht seine Sache gewesen, aber als Lucas ihm nun in den Seidenpyjama half und ihm seine lockigen Haare mit einem Handtuch trocknete, war er wieder ganz er selbst. Er wusste, dass er dem Rotschopf auf der Spur war und das Mädchen bald schnappen würde. Dann würden ihm auch Korda und die anderen zuhören.

Mitchell und Lucas lagen auf dem breiten Sofa, und Mitchell streichelte seinem langjährigen Gefährten über die Brust.

»Diese Nymphe aus Montpellier muss das Zeitliche segnen«, sprach er seine Gedanken laut aus, während seine Hand langsam Lucas' straffe Bauchmuskeln entlangwanderte.

»Wenn ich Glück habe, erledigt diese nervige Kommissarin die Sache.«

Gerade als Lucas sich in eine bessere Position drehen wollte, klingelte das Telefon. Mitchell wäre nicht rangegangen, wäre es nicht Kordas Klingelton gewesen. So hatte er die Gelegenheit zu erzählen, was er geschafft hatte. Sein Wissen würde den Herrscher der Satyrn sicher interessieren.

»Ist der Wein schon angekommen?«, fragte Korda geradeheraus. »Ich will einen gutsortierten Weinkeller, wenn ich in Budapest ankomme.«

»Alles unter Dach und Fach«, antwortete Mitchell und machte sich bereit, um zu berichten, was er erreicht hatte. »Und es gibt auch andere interessante Dinge. Ich bin der Nymphe mit dem Knoten auf der Spur.«

Für einen Moment war es still am Telefon. Dann war Kordas tiefe und abschätzige Stimme zu hören.

»Habe ich nicht gesagt, dass die Alleingänge aufhören müssen, wenn du einen Platz im Konklave hast? Die haben dir auch früher nur Ärger gebracht. Die Nymphe mit dem Knoten ist ein Märchen und soll es auch bleiben. Das Letzte, was wir jetzt brauchen, ist unnötiges Chaos.«

Mitchell zitterte. Kordas Verweis auf frühere Ereignisse ärgerte ihn und ließ unangenehme Erinnerungen aufkommen. Er hatte dennoch nicht vor aufzugeben, er hatte auch noch eine zweite Neuigkeit für Korda.

»Vielleicht ist der Rotschopf an sich kein Problem, aber …«

Mitchell schwieg einen Moment lang, um Korda auf die Folter zu spannen.

»Der Freund der Nymphe ist dieser arme Junge, den ich in Velanidia fast getötet hätte. Und das ist nicht alles …«

»Weiß davon sonst noch jemand?«, unterbrach ihn Korda, und jetzt war die Stimme des großen Satyrs voll unterdrückter Wut.

»Nur Lucas und ich.«

»Ihr beide fliegt sofort hierher!«

Korda hatte aufgelegt. Mitchell war verdutzt. Er hatte erwartet, wenigstens ein bisschen Dank zu erhalten, aber stattdessen hatte Korda so geklungen, als hätte er etwas falsch gemacht. Mitchell hatte das Gefühl, dass der Herrscher durcheinander war. Größenwahnsinnig war er immer gewesen, aber normalerweise ging es bei allem, was er sagte, nur um eins: mehr Macht und Geld den Satyrn, und vor allem für ihn selbst.

Mitchell erinnerte sich daran, was Kordas Rüffel in ihm ausgelöst hatte. Wie ihn die Nymphen verletzt und gedemütigt vor das Konklave gebracht hatten und wie er mit eigenen Augen sehen musste, wie Echaterina Ordana zu Erik Manns wichtigster Gehilfin aufgestiegen war. Sie war nur eine Nymphe! Mitchell hatte immer wieder zu hören bekommen, wie man die Nymphen geschickt hatte, ihn zu retten und ihn zu schützen. Man hatte beim Bacchanal zehn Jahre danach noch an den Fall erinnert.

»Was hast du?«, fragte Lucas ein wenig dümmlich.

»Korda will, dass wir sofort zu ihm kommen«, antwortete Mitchell. »Soll er nur. Wir gehen nirgendwo hin. Morgen hat er seine Meinung schon geändert. Ich weiß etwas, wovon er keine Ahnung hat.«

»Was?«

»Der Junge auf dem Flughafen ist keine Eiche, auch wenn alle das denken. Ich weiß nicht, was er ist, aber sicher keine Eiche«, sagte Mitchell und ließ sich von Lucas staunend ansehen. Lucas' Miene war so merkwürdig und dabei so delikat, dass Mitchell sich bückte, um seine jungenhaften Lippen zu küssen. Er hätte das zuvor begonnene Spiel unverzüglich fortgesetzt, wenn es nicht an der Tür geklingelt hätte.

»Da kommt ein hübscher junger Mann, der uns Wein bringt.«

Mitchell warf Lucas einen anzüglichen Blick zu. Der zog die Pyjamahose ein wenig hoch und drückte den Türsummer. Kurz darauf stand der Junge aus dem Weinladen in der Wohnung.

»Schön, dich zu sehen«, sagte Mitchell. »Du kommst genau richtig. Peter war dein Name, oder?«

Mitchell ging auf den jungen Mann zu, redete unbekümmert über die edlen Weine und zeigte ihm die stilvolle Wohnung. Sie beeindruckte Peter ebenso wie Mitchells muskulöse, glattrasierte Brust, und als der richtige Moment gekommen war, presste Mitchell ungeniert den Mund auf den des Jungen. Peter zögerte nur kurz, erwiderte dann den Kuss und ließ sich von Mitchell mit Zunge und Händen erkunden.

Mitchell sah aus dem Augenwinkel, dass Lucas es sich auf dem Sessel bequem gemacht hatte und sie erwartungsvoll lächelnd ansah. Mitchell hatte geplant, lange mit Peter zu spielen, aber bereits als er ihn gierig küsste, spürte er, wie die Frustration in ihm hochstieg. Je weiter die Erregung voranschritt, desto klarer kamen die Erinnerungen zurück. Die Verfolgungsjagd auf dem Flughafen, die Erinnerungen an die Vergangenheit, Kordas fehlende Anerkennung … Das Pochen in der Stirn begann, und in seinen Augen brannte bereits ein rotes Feuer.

Die Wut wurde immer stärker und hatte die Kraft, zu einem Sturm anzuwachsen. Aber noch war es nicht so weit. Mitchell zügelte seine Gefühle, machte sich von Peter los und führte ihn zu Lucas.

»Wir teilen alle Leckereien«, sagte Mitchell zweideutig und schob Peter dem wartenden Lucas auf den Schoß.

Die Satyrn tauschten einen bedeutsamen Blick aus. Der junge Mann wirkte, als glaube er, ins Paradies einzutreten, und er wehrte sich nicht, als Lucas ihm sein enganliegendes T-Shirt auszog und ihm mit festem Griff über den unteren Bauch strich. Mitchell verfolgte die Szene aus ein paar Metern Entfernung und ließ die Pyjamahose zu Boden fallen. Er war zufrieden mit dem Seufzer, den Peter von sich gab, während er sich schon vorstellte, zu welchen Genüssen er ihn bringen würde. Es war fast schade, dass Genuss für einen Satyr etwas ganz anderes bedeutete als für einen jungen Mann.

Aber nur fast, dachte Mitchell schmunzelnd.

Peter wollte anscheinend Eigeninitiative zeigen und küsste Lucas' Hals, bereit, mit seinem Mund langsam weiter nach unten zu wandern. Und Lucas hatte ein wenig zu viel Spaß. Das ging nicht.

»Ich zuerst«, sagte Mitchell und zog Peter zu sich. »Lucas kann eine der Flaschen für uns fertig machen, die du gebracht hast, aber dich mache ich selbst fertig ...«

Peter schien das für einen schmutzigen Witz zu halten, denn er lachte und zeigte dabei seine weißen Zähne. Mitchell konnte der Stimme seines eigenen

Bluts nicht mehr widerstehen. Er nahm Peters Gesicht in beide Hände und ließ seine Augen rot werden. Seine Stirn pochte angenehm, der Blick des Jungen wurde ungläubig. Er wehrte sich bereits ein wenig, aber da war Lucas schon von hinten hinzugekommen und hielt ihn an der Hüfte fest. Mitchell knurrte und bog den Kopf nach hinten. Man konnte die Hörner bereits erahnen. Lucas hatte Peters Gürtel aufgerissen, aber das Glied, das Mitchell bereits an seinen Schenkeln gespürt hatte, wollte ihm entgleiten. Doch das machte nichts mehr. Mitchell brüllte, und die Hörner stießen aus der Stirn hervor. Peter schnappte vor Angst nach Luft. Er zappelte und hätte geschrien, wenn Lucas ihm nicht die Hand auf den Mund gedrückt hätte. Mitchell riss ihm die Hose weg. Er genoss seine Macht und die Angst, die er hervorrief. Mit einer schnellen Bewegung riss er Peter von Lucas weg und warf ihn bäuchlings auf den Diwan. Der junge Mann weinte bereits.

»Warte, bis du dran bist«, sagte Mitchell zärtlich zu Lucas, als er Peter in die richtige Position brachte. Dann hielt ihn nichts mehr. Wut, Lust und Genuss verschmolzen zu einer perfekten Sturmwelle, die er mit voller Wucht an das Ufer prallen ließ …

Einige Stunden später ruhten sich Mitchell und Lucas Arm in Arm aus. Auf dem Seidenteppich lagen drei leere Weinflaschen und die Leiche eines jungen Mannes. Man hätte ihn nicht mehr erkennen können. Das Gesicht war vor Schmerz verzerrt, der Bauch von den spitzen Hörnern aufgeschlitzt und die Haut mit blauen Flecken übersät.

»Bring den nachher in irgendeine Gasse«, sagte Mitchell und nagte an Lucas' Ohr. »Soll die kluge Kommissarin das Aas finden. Darüber wird sie sich freuen.«

»Worüber würdest *du* dich denn noch freuen?«, fragte Lucas.

21

N**adia lächelte dem Nachtwächter** des Pharcel-Hauptquartiers zu, der sie von der Treppe zum Aufzug brachte. Dort erwartete sie wie immer eine drahtige junge Frau, aber Nadia hatte bereits so viele von ihnen gesehen, dass sie sie nicht mehr unterscheiden konnte. Sie schienen sowieso namenlos zu sein. Während Nadia lautlos mit dem Aufzug in das oberste Stockwerk fuhr, betrachtete sie sich im Spiegel. Sie trug einen Mantel, darunter ein purpurn schimmerndes Seidenkleid, das sich an ihren Körper schmiegte. Die langen Haare hatte sie gescheitelt, und sie trug Amethyst-Ohrringe. In dieser Nacht hatte sie keine schlichte Arbeitskleidung an, war nicht ungeschminkt und unauffällig, denn jetzt wollte sie jemand anderes sein. Sie hatte sich auf die Rolle vorbereitet, wie sie es bei Kati oft gesehen hatte, und sie hoffte, dass die Rolle sie auf das vorbereitete, was kommen mochte. Ihre Aufgabe war es jetzt nicht mehr zu heilen, sondern zu töten. Das konnte sie nicht schönreden, auch wenn sie sich noch so sehr zu erklären versuchte, dass dies das einzige Mittel war, um die Sicherheit der anderen zu garantieren.

Die Aufzugstür öffnete sich. Jetzt konnte sie sich kein Zögern mehr erlauben. Sie lächelte der Frau, die im Aufzug blieb, leicht zu und lief dann in ihren hohen Schuhen zu Warres Büro. Sie sah, dass Mathias am Schreibtisch saß und konzentriert etwas auf dem Computermonitor las. Nadia mochte die Falten, die zwischen seinen Augen auftauchten, wenn er über etwas nachdachte. Er hob den Blick, lächelte und winkte sie zu sich. Nadia ging betont langsam zum Tisch, aber Mathias las weiter. Sie bemerkte den Pappkarton auf dem Tisch, der ein besonderes Logo trug, ein H mit Flügeln. Hatte sie das nicht irgendwo vorher schon einmal gesehen?

»Du trägst einen Bademantel«, sagte Nadia lächelnd, als Warre den Bildschirm ausschaltete.

»Ich war auf dem Weg in die Dampfsauna, musste dann aber noch ein paar Mails lesen und mich um den persönlichen Wunsch eines wichtigen Kunden kümmern«, sagte Mathias und drehte den Kopf leicht zum Karton.

»Du siehst normalerweise auch nicht so aus. Wir

hatten doch gar nicht vereinbart, dass du heute Abend kommst.«

Nadia öffnete den Mantel und ließ das Seidenkleid ein wenig schwingen. Mathias lehnte sich zurück und sah sowohl erfreut als auch erstaunt aus. Nadia setzte sich auf die Tischkante und überkreuzte die schlanken Fesseln.

»Nein, hatten wir nicht«, gab sie zu. »Ich bin immer auf deine Einladung hierhergekommen und habe mich um dich gekümmert ... Jetzt hatte ich das Gefühl, eine Nacht für mich haben zu wollen.«

Nadias Stimme schnurrte, während sie Mathias tief in die Augen blickte. Er war muskulös und gutaussehend, es war nicht schwer, ihn anziehend zu finden.

»Ist das alles?«, fragte er, aber es war bereits klar, dass er Nadias Einladung annahm.

»Nein. Ich habe darüber nachgedacht, was du wegen dieser Medizin gesagt hast, die allen helfen könnte«, sagte Nadia, fuhr aber nicht gleich fort und machte Warre damit neugierig. »Ich könnte vielleicht darüber nachdenken.«

»Nadia.« Mathias Warre seufzte ihren Namen und zog sie vom Tisch auf seinen Schoß. Er streifte ihr den Mantel ab und ließ ihn auf den Boden fallen.

»Anscheinend interessiert dich die Sache«, sagte Nadia spielerisch.

»Gerade jetzt interessieren mich viele Dinge«, erwiderte Warre heiser und streichelte Nadias Brüste mit beiden Händen. Er hätte weitergemacht, wäre Nadia nicht plötzlich aufgesprungen. Sie stellte sich auf die andere Seite des Tischs und beugte sich so vor, dass ihr tiefer Ausschnitt den Blick des Mannes fesselte.

»Was bekomme ich, wenn ich zustimme?«, fragte sie.

»Wenn wir ein entscheidendes Mittel oder ein Hormon finden, wird sich die gesamte Pharmaindustrie verändern«, sagte Warre. »Du würdest alles bekommen, was du dir wünschst. Ein solches Wunderelixier würde die Firma zum Marktführer werden lassen. Es würde uns Macht, Geld und Ruhm bringen, die besten Labors und Forscher der Welt stünden zu deiner Verfügung. Das wäre der Höhepunkt für deine und meine Karriere!«

Warre war nun sehr erregt und wollte nicht mehr sitzen. Der Bademantel blieb auf dem Stuhl liegen, als er aufstand und zu Nadia ging. Er ließ seine Hände unter das dünne Kleid wandern und zog Nadias Slip nach unten. Nadia sah die Leidenschaft in seinen Augen, die aber nicht nur auf sie gerichtet war, sondern auf alles, was er durch sie erlangen würde. Sie fühlte Unbehagen aufkommen, konnte aber nicht mehr zurück.

»Nicht hier«, flüsterte sie in Warres Ohr. »Ich will ins

Becken. Heute Nacht fühle ich mich so stark, dass ich dich endgültig heilen kann.«

Mathias Warre ging einen Schritt zurück, ohne Nadia loszulassen. Sie spürte, wie er ihr die Finger in die Haut drückte, mied aber seinen durchdringenden Blick nicht. Als müsste sie ihm etwas versichern, nahm sie eine seiner Hände und führte ihn zur Treppe und in das luxuriöse Badezimmer.

Einen Augenblick später hatten sie sich im warmen Wasser niedergelassen. Nadia ließ sich vom Wasser und Warres starken Händen streicheln. Für einen Moment legte sie die Hände an den Hals des Mannes und spürte seinen gleichmäßigen, schnellen Puls. Hier war ein Mensch, der es geschafft hatte, neue und bereits vergessene Gefühle in ihr zu wecken. Sie hatte sich vorgestellt, dass Warre nach den gemeinsam verbrachten Momenten dasselbe fühlen würde, aber jetzt war ihr klar, dass für Warre der Gewinn das Wichtigste war. Deshalb konnte zwischen ihnen keine Verbindung entstehen. Am besten war es, das zu tun, was Kati gesagt hatte, und die Nymphen zu schützen.

Sie ließ durch die Finger Wasser über Mathias' Kopf laufen. Es war Zeit, die letzte Phase der Verführung anzugehen. Ihre Brust und die hart gewordenen Brustwarzen pressten sich an den Körper des Mannes. Es fühlte sich gut an und gleichzeitig traurig.

»Dring in mich ein«, flüsterte Nadia und leitete Mathias. »Du bist jedes Mal gesünder geworden, so dass ich mich jetzt traue, meine Energie stärker als zuvor in dich fließen zu lassen. Vertrau mir, hab keine Angst, auch wenn es sich kurz beängstigend oder zu heftig anfühlt. Ich bin jetzt stark, und jede gesunde Zelle bekommt Waffen von mir, um auch die letzten Reste deiner Krankheit in die Flucht zu schlagen. Wenn wir jetzt miteinander schlafen, ist die Krankheit, die an dir zehrt, nicht nur aufgehalten, sondern geheilt.«

Mathias Warre atmete tief ein, und Nadia bewegte sich zusammen mit ihm. Das Wasser plätscherte um sie herum, und Nadia konzentrierte sich darauf, dass gleich alles vorbei war. Warre aber hielt plötzlich inne und öffnete die Augen. Nadia sah ihn verwundert an. Ahnte er etwas? Sie konnten nicht unterbrechen, sie musste die Aufgabe zu Ende bringen.

»Was ist?«, fragte Nadia vorsichtig.

»Ich weiß nicht so richtig«, sagte Mathias und lachte leise. »Ich habe fast das Gefühl, dass ich nicht gesund werden will.«

»Wie das?«

Mathias drückte die Lippen auf Nadias Brust, küsste sie und ließ die Zunge kreisen.

»Vielleicht darf ich das hier dann nicht mehr«, sagte

er. »Du heilst mich, und dann hast du keinen Grund mehr, zu mir zu kommen …«

»Willst du denn, dass ich komme?«, fragte Nadia, ohne es zu wollen.

»Deine Sinne sind sensibel, aber spürst du nicht, dass ich mich in dich verliebt habe?«, fragte er und klang fast enttäuscht. »Ich will nicht, dass das hier jemals aufhört. Es wäre mir egal, wenn du die Medizin nicht entwickeln wolltest. Dann wärst du allein meine Nymphe, meine Geliebte, nicht die eines anderen … Nie zuvor habe ich gedacht, dass ich mein Leben mit jemandem teilen wollen würde. Jetzt habe ich das Gefühl, dass ich dein Leben teilen will. Ist das nicht Liebe? Du hast einen kleinen Sohn. Ich wollte nie eigene Kinder und will das auch weiterhin nicht, aber ich habe bemerkt, wie ich darüber nachgedacht habe, dass ich eines Tages deinem Sohn ein Vater sein könnte. Und jetzt? Klingt das völlig blöd und sentimental?«

Nadia bekam keine Luft. Mathias hatte gerade all dem, was sie sich eingeredet hatte, um zu tun, was Kati befohlen hatte, die Grundlage genommen. Und sie selbst hatte Mathias auch für einen Moment gehasst, sie hatte gedacht, dass sie für ihn nur ein Mittel war, mit dem er an Geld und mehr Macht kommen wollte. Satyrn waren so. Mathias aber war ein Mensch, der auch menschliche Gefühle hatte. Nadia konnte sich nicht helfen. Sie küsste Mathias auf den Mund, als wäre es das erste Mal, begierig und zärtlich zugleich.

Sie wusste nicht, welche Folgen das hatte, aber das kümmerte sie in diesem Moment nicht. Sie war gefühllos gewesen, eine lebende Tote, aber jetzt wurde sie von jemandem geliebt. Das war mehr, als sie sich nach Jespers Tod noch hatte erhoffen können. Nun war es ihr unmöglich geworden, Mathias zu töten. Im Gegenteil, sie musste sich jetzt etwas einfallen lassen, wodurch sie ihn retten konnte. Zum Glück hatte sie ein wenig Zeit.

»Anscheinend klang es nicht blöd«, sagte Mathias lächelnd. »Ich will so viel über dich wissen, wie du bist, was du alles erlebt hast …«

Die Tür des Badezimmers knallte zu. Blitzschnell wandten beide die Köpfe. Es dauerte in der Dunkelheit ein wenig, bis Nadia den Eindringling erkannte.

»Huhu!«, sagte Selene mit kindischer Stimme. »Hier ist es aber schön. Ich sehe nur nichts zu essen. Wie schade!«

»Wer bist du?«, fragte Mathias und stieg aus dem Becken. Sein Blick ging zum Haustelefon, mit dem er Hilfe rufen konnte. »Wie bist du hier reingekommen?«

»Übung macht den Meister«, antwortete Selene und kicherte.

Nadia stand am Beckenrand. Mit vorsichtigen Schritten ging sie auf die Sirene zu und berührte Mathias zum Zeichen, dass er stehen bleiben sollte. Angst half jetzt nichts.

»Selene, wir brauchen dich hier nicht«, sagte sie möglichst ruhig. »Du kannst zurück zu Kati gehen. Ich komme bald und werde dann alles erklären.«

Selene sah sie kühl an und tänzelte näher zum Becken.

»Ich finde, es sieht aus, als würde man mich sehr brauchen«, erwiderte die Sirene. »Du scheinst deine Aufgabe nicht zu Ende führen zu wollen, so dass ich weiterhelfen muss. Mir macht das nichts. Viel geschafft, noch mehr zu tun! Ich freue mich, wenn ich helfen kann!«

»Was ist das?«, fragte Mathias Nadia und ahnte, dass sie es hier nicht mit einem normalen Lebewesen zu tun hatten. Er glitt langsam zum Beckenrand, ohne sich darum zu kümmern, dass er nackt war. »Und welche Aufgabe hattest du, Nadia?«

Nadias ganze Aufmerksamkeit war auf Selene gerichtet. Sie musste auf Zeit spielen und die Situation klären, bevor alles auch nur einen Schritt weiterging. Ihr würde es später sicher gelingen, Kati auf ihre Seite zu bringen, sie kannten sich schon so lange. Kati würde ihr bestimmt glauben. Und mit Mathias würde sich alles klären, wenn nur Selene nicht mehr den

Mund aufmachte. Aber genau das tat sie. Allerdings nicht, um etwas zu sagen. Von den Lippen der Sirene erklang ein flötenähnlicher Laut, der allmählich leiser wurde und zu einem tief aus ihrem Inneren kommenden, wallenden Gesang wurde. Der Ton resonierte im ganzen Raum. Nadia hielt die Hände an die Ohren, aber der Gesang lähmte sie dennoch. Sie lehnte sich mit dem Rücken an die Wand und versuchte, Mathias' Blick zu erhaschen. Er sah erst überrascht aus, dann erstarrte er vor Angst. Nadia wollte zu ihm gehen, hatte aber das Gefühl, als würde sie einen verlangsamten Film ansehen, in dem Mathias hilflos und unter Schmerzen gegen den Beckenrand stürzte. Aus seiner Nase floss Blut. Er streckte Nadia die Hand entgegen, und plötzlich war der Zauber gebrochen. Selene verstummte und sah Nadia an. Der Blick der Sirene war unergründlich, aber Nadia wusste, dass sie noch eine Chance hatte. Sie nutzte sie und lief zur Tür zurück. Würde sie noch bleiben, wäre auch ihr eigenes Leben in Gefahr. Sie sah Mathias an, die Lippen, die einen stummen, an sie, die Heilerin, gerichteten Hilfeschrei formten. Auch aus seinen Ohren floss bereits dunkles Blut, und seine Adern schienen an die Oberfläche zu treten. Niemand konnte Mathias mehr helfen.

»Geh«, sagte Selene, deren Stimme nicht mehr zart

und kleinmädchenhaft war. »Geh ins Labor und hol alles, was dir gehört. Ich verwische hier die Spuren.«

Dann wandte Selene sich noch einmal in Mathias' Richtung und öffnete die Lippen leicht. Der raue Ton war wie ein Tier, das sich in der Dunkelheit heranschlich. Er war ein starkes Raubtier, das immer nahm, was es wollte. Nadia floh. Sie sammelte die Kleider auf, die auf der Treppe verteilt lagen, hielt kurz im Büro an, um sich anzuziehen, und rannte zum Aufzug.

Was mache ich, wenn die Assistentin dort steht?, dachte sie, aber die Angst war umsonst. Die Aufzugstür öffnete sich, auf dem grauen Fußboden lag die Frau. Die Hälfte ihres Hirns war an den Wänden verteilt. Nadia zitterte vor Grauen, eilte aber ins Labor. Die Tür stand schon halb offen, und als sie sie aufstieß, sah sie einen ihrer engsten Kollegen auf einem der Untersuchungstische liegen. Aus dem Hals ragte eine kaputte Glasflasche hervor. Nadia hielt trotzdem nicht inne. Sie sammelte die wenigen persönlichen Dinge zusammen, die sie in einer Schublade ihres Schreibtischs hatte, rannte dann zurück zum Aufzug und fuhr nach unten. Der ihr bekannte Wächter stand nicht mehr hinter seinem Schreibtisch. Nadia wollte nicht darüber nachdenken, was mit ihm passiert war. Sie wollte nur weg, nach Hause. Sie hatte ein unendliches Verlangen danach, Gasparo zu sehen.

An ihrer Haustür machte Nadia halt. Sie hatte unsägliche Angst. Was würde sie hinter der Tür erwarten? Sie wusste nicht, wo Selenes Feldzug angefangen hatte oder wann Kati angefangen hatte, daran zu zweifeln, dass Nadia in der Lage war, Mathias zu töten … Mathias, der Mensch, der ihr einen Augenblick zuvor seine Liebe gestanden hatte. Nadia hatte nicht genauso tief empfunden, aber die Worte des Mannes hatten etwas in ihr ausgelöst, und einen Moment lang hatte sie geglaubt, dass sie mit der Zeit dasselbe empfinden würde. Schon die bloße Vorstellung hatte sie und Gasparo in Gefahr gebracht. Wie dumm war sie gewesen, sich einem Menschen anzuvertrauen!

Nadia schob die aufkommende Panik beiseite. Sie atmete tief ein, steckte den Schlüssel ins Schloss und öffnete die Tür. Es war dunkel. Zwei Gestalten saßen bewegungslos auf dem Sofa. Nadia lief auf sie zu.

»Wach auf, Matilda!«, rief sie und nahm dabei Gasparo auf den Arm. Sie hatte das Gefühl, dass ihr Herz in diesem Moment aufgehört hätte zu schlagen, wenn sie nicht den warmen Atem des Jungen an ihrem Hals gespürt hätte.

»Was ist los? Ich bin gerade eingeschlafen«, meckerte Matilda, sank zurück aufs Sofa und drehte sich auf die Seite. Nadia spürte, dass noch jemand ins Zimmer gekommen war. Kati starrte sie aus der Distanz an.

»Wie geht's?«, fragte Nadia, denn etwas anderes fiel ihr in diesem Moment nicht ein. Da blinkte Katis Handy, und sie sah rasch darauf.

»Wartet hier«, sagte Kati ernst. Sie lief zur Tür und verschwand. Matilda hatte natürlich nicht vor, Kati zu gehorchen. Sie stand auf und zog die Vorhänge ein wenig zurück. Nadia stellte sich neben sie und wiegte den unruhigen Gasparo. Sie sahen hinaus in die Dunkelheit. Die Straßenlampen leuchteten schwach, aber sie konnten erkennen, wie vor dem Haus ein Auto anhielt, aus dem zwei Frauen ausstiegen. Weder Nadia noch Matilda mussten überlegen, ob es Nymphen waren. Sie erkannten ihresgleichen mühelos. Die Nymphen öffneten die Autotür und zogen etwas mit ziemlicher Mühe heraus. Kati kommandierte sie mit barscher Stimme, stieß sie zur Seite und nahm das undefinierbare, große Bündel in den Arm. Die fremden Nymphen pressten kurz die Hände darauf, stiegen dann wieder ins Auto und fuhren davon. Kati eilte ins Haus und lief zwei Stufen auf einmal nehmend die Treppe hoch. Sie trug etwas, das in eine Decke gehüllt war. Nadia und Matilda sahen lange, rote Haare, die aus dem Bündel herausguckten.

»Didi ist hier!«, rief Kati. »Wir müssen uns beeilen!«

22

Didi hatte sich die ganze Reise über im Halbschlaf befunden, zwischen Schlaf und nebligem Wachsein. Die Nymphen hatten ihr einen Reiseplan mit Zwischenstopps erstellt, damit sie sicher sein konnten, dass ihr niemand auf den Fersen war, und die Reise hatte ein wenig länger gedauert als erwartet. Auf dem letzten Abschnitt hatte Didi nicht mehr gewusst, wo sie war. Es interessierte sie auch nicht mehr. Das war eine Erleichterung, denn zu Beginn der Reise hatte sie der Schmerz, der von der Brust zum Bauch und bis in die Gliedmaßen ging, zerrieben. Sie hatte gespürt, wie ihre Haut zischte und kribbelte, und ihre Nase hatte die zehrende Krankheit in ihren Adern gerochen. Die geschärften Sinne, die sie als Nymphe besaß und die so sensibel für sinnliche Erfahrungen waren, hatten sie nun nur noch Ekel und Schmerz erfahren lassen. Im Zug hatte sie in die Decke beißen müssen, die man ihr umgelegt hatte, um nicht laut loszuschreien.

Die mit ihr reisenden Nymphen gaben ihr in regelmäßigen Abständen die von Alexandra gekochte, stechend schmeckende Medizin, deren Wirkung aber nie lange anhielt. Dass sie manchmal in Tiefschlaf verfiel, war Didi nur recht. Sie hatte Visionen; ein anderes Wort konnte diese Träume nicht beschreiben, die sie manchmal mit sich rissen. Darin fuhr sie zum Beispiel mit Samuel Fahrrad oder saß plötzlich mit ihrer Mutter Elina am Frühstückstisch. All das waren zärtliche und warme Momente. Dann aber konnte es sein, dass sie in etwas Dunkles stürzte, tief in den Rachen eines Wesens, dessen Atem nach Aas roch, und sie versuchte, sich dagegen zu wehren. Danach war sie wieder im Gewächshaus, trank Saft und sah der Königin der Nacht zu, wie sie in unglaublichem Tempo wuchs.

Didi versank wieder in der Dunkelheit. Das Wesen verschluckte sie endgültig, und sie konnte an nichts Gutes mehr denken. Sie wartete nur, dass das Fallen und auch alles andere ein Ende nehmen würde. Dann spürte sie ein Vibrieren auf der Haut. Sie öffnete die Augen, und die Visionen hatten wieder die Macht übernommen. Ihre Haut war über und über mit winzig kleinen Wassertropfen übersät. Sie wirbelten kreisend über Didis Brust und setzten sich im Gesicht fest. Leise trommelten sie einen gemeinsamen Rhythmus, und sie bemerkte, wie sie ungewollt anfing, im selben Takt zu atmen. Die Tropfen suchten in kleinen Strömen ihre Nasenlöcher und den Mund, was sich aber nicht unangenehm anfühlte, höchstens merkwürdig. Allmählich verschwanden sie.

Was für eine wunderbare Vision und was für ein Gefühl, dachte Didi, denn nach einer Weile fühlte sie sich besser. Auch wenn ihre Muskeln schmerzten, war ihr dennoch warm, und sie stellte sich vor, wie sie in einer Badewanne in der Obhut ihrer alten Nymphenfreundinnen lag. Das Unwirklichste in der Vision war eine gelbe Gummiente, die mit ihr im Wasser plätscherte.

Didi öffnete vorsichtig die Augen. Sie befand sich in einem mit Kerzen beleuchteten Badezimmer und lag in einer Wanne. Neben der Wanne saß Nadia, deren braune Augen sie genau beobachteten. Didi bewegte vorsichtig den Kopf. War das ein Déjà-vu? War alles, was in der Zwischenzeit passiert war, ein komischer Traum gewesen, und sie war immer noch im Badezimmer in der Wohnung in Helsinki, wo Nadia ihre Sinne für ein Leben als Nymphe weckte? Damals hatte es keine fröhliche Gummiente in der Wanne als Gesellschaft gegeben. Und Nadia hatte kein brabbelndes Baby auf dem Schoß gehabt, das sich nach der Ente streckte.

»Didi, wie geht es dir?«, hörte sie Katis Stimme.

Didi fiel es schwer, sich zu bewegen, aber bald stand auch Kati neben der Wanne.

»Du bist angekommen«, sagte sie. »Du hast wirklich Hilfe gebraucht. Ich dachte, du hättest nur dein Lipgloss verlegt.«

Didi lächelte schwach und legte die Hände auf den Wannenrand. Sowohl Kati als auch Nadia nahmen sie. Nadia musste sich ein wenig nach vorne beugen, und Gasparo griff sofort verzückt nach Didis roten Haaren, aus denen Wasser tropfte. Auch Matilda erschien hinter ihnen. Sie schaute zunächst unfreundlich, wurde aber weich, als Didi ihr in die Augen sah. Didi wusste, dass die mürrische Miene nur die Art des jungen Mädchens war, ihre Besorgnis zu tarnen.

»Jetzt ist alles gut«, sagte Didi, und im selben Moment blitzte in ihrem Gedächtnis all das auf, was geschehen war. Sie sah auf ihre Brust. Die Spur, die der Satyr hinterlassen hatte, war nun etwas kleiner und heller.

»Vielleicht könnt ihr anderen rausgehen«, sagte Nadia und reichte Matilda das Kind. »Ich untersuche Didi noch, und wenn sie es schafft, kommen wir dann nach unten.«

Nachdem die anderen gegangen waren, ruhte Didi sich noch im Wasser aus, und Nadia strich über ihre gesamte Haut, mal sanft, mal mit Druck, bis sie zufrieden war. Sie half ihr hoch, trocknete Didi mit einem weichen Hamam-Handtuch ab und bürstete ihr die Haare, nachdem sie sie trockengerieben hatte. Danach massierte Nadia Didi mit einem duftenden Öl, erst dann half sie ihr in einen hellen Pyjama.

»Dieses Kind …« Didi hatte die ganze Zeit geschwiegen, aber die sanfte Behandlung hatte ihr Kraft gegeben, und ihre Neugier war zurückgekehrt.

»Gasparo, Jespers Sohn«, sagte Nadia und gestattete sich zum ersten Mal ein Lächeln. »Lass uns nach unten gehen, wir werden sicher erwartet.«

Sie liefen die Treppe nach unten, und Didi bemerkte, dass es früh am Morgen war. Die Dämmerung erhellte das Wohnzimmer, wo Matilda das müde Kind schlafen gelegt hatte. Nadia stützte Didi und zitterte plötzlich. Wovor hatte sie Angst? Didi folgte dem vorsichtigen Blick der braunen Augen zu einem schmächtigen, blonden Mädchen, das gerade leise mit Kati sprach.

»Bist du sicher?«, fragte Kati das Mädchen.

»Gut geplant ist halb gewonnen«, war die leise Antwort zu hören, und dann kicherte das Mädchen schrill, verstummte aber, als Kati ihr ein Zeichen gab.

Didi schaffte es zum Sofa. Sie hatte erwartet, dass Nadia neben ihr blieb, aber sie setzte sich auf einen Sessel am anderen Ende des Zimmers. Stattdessen kam

Kati zu Didi und klopfte ihr ein paar Mal auf die Oberschenkel. Für Kati war das wie für jemand anderen eine feste Umarmung.

»Wer ist das?«, fragte Didi und nickte zu Selene, die sich neben den tief schlafenden Jungen gesetzt hatte und das Kind verzückt ansah, als hätte sie alle anderen Anwesenden völlig vergessen. Kati hatte ihr einen großen Teller mit Schnitzeln gereicht, und Selene vertilgte das Fleisch schmatzend und mit reichlich Mayonnaise.

»Du hast immer noch keine Ahnung vom Kochen, Kati«, bemerkte Didi.

»Ich kann ein Messer benutzen und eine Dose öffnen, das hat bisher auch gereicht«, antwortete Kati lachend. »Du hast sicher noch keine Sirene getroffen. Wir haben Selene zu Hilfe gerufen, weil hier die Situation etwas aus dem Ruder gelaufen war, aber jetzt ist alles wieder in Ordnung.«

»Nichts ist in Ordnung«, sagte Nadia so hasserfüllt, dass Didis Kopf sich blitzschnell in ihre Richtung drehte. Nie zuvor hatte sie Nadia mit einer solchen Stimme sprechen hören.

»Alles ist im Arsch. Niemand von euch hatte hier überhaupt etwas zu suchen. Ich hatte Gasparo und mir ein sehr gutes Leben aufgebaut, und jetzt ist alles zerstört.«

»Du hast selbst alles zerstört an dem Tag, als du dich

diesem Menschen anvertraut hast«, sagte Kati kühl. »Und nicht nur dich, sondern uns alle hast du in Gefahr gebracht, auch die Freiheit, für die wir hier kämpfen.«

»Du kämpfst nur für dich, du bist nicht besser als ich«, zischte Nadia.

Didi hörte dem Streit der älteren Nymphen verwundert zu. Kati und Nadia waren sehr unterschiedlich, hatten aber immer für dieselbe Sache gekämpft. Jetzt klaffte ein großer Abgrund zwischen ihnen, ein bodenloses, schwarzes Meer, das sie alle verschlucken konnte, wenn die Situation ausartete. Nadia wollte Kati nicht einmal ansehen. Kati war sonst immer kühl – jetzt war sie eiskalt. Didi wollte das nicht. Sie selbst und auch viele andere hatten bereits viel geopfert, und das durfte nicht umsonst gewesen sein. Didi belastete der Gedanke, dass eine Nymphe sich am Flughafen für sie ausgegeben hatte.

»Wir alle beschützen die Nymphe mit dem Knoten«, sagte Didi. »Das ist das Allerwichtigste.«

»So ist es«, stimmte Kati zu. »Wir beruhigen uns jetzt. Du bist nach der Behandlung einfach müde, Nadia. Ruh dich aus, dann können wir wieder vernünftig reden.«

»Genau, deiner Meinung nach bin ich nicht vernünftig, wenn ich mein eigenes Leben leben will«, erwiderte Nadia. »Aber das bedeutet Freiheit für mich.«

»Du selbst hast immer von der Legende gesprochen«, erinnerte Kati sie.

»Da haben wir die Legende!«, lachte Nadia jetzt schrill. »Dieses Teenie-Mädchen, das nicht einmal weiß, wer es ist, und das ihre eigenen Kräfte nicht kennt und höchstens ein Kaninchen töten kann. Und Didi, die ich so beneidet habe, die aber nur ein großer Bluff war! Eine Fälschung!«

Es herrschte völlige Stille im Zimmer, und Nadias lautes Lachen schien noch lange nachzuhallen. Sie war von ihrem Stuhl aufgestanden und ging ein wenig wacklig auf und ab. Didi begriff, wie viel Kraft Nadia verbraucht hatte, um sie zu heilen, um sie von der Schwelle des Todes zu holen. Sie war bleich, geradezu grau, und ihre sonst so glänzenden Haare waren wirr und leblos.

»Kati, ich habe alles getan, worum du mich gebeten hast«, sagte Nadia eindringlich und versuchte, sich zu beruhigen. »Lass mich jetzt gehen.«

»Du hast mir einmal versprochen, dass du mir gehorchen würdest. Jetzt sind wir quitt«, antwortete Kati.

»Du denkst nur an dich«, knurrte Nadia dazwischen. »Ich habe damals auch dich gerettet. Ich habe Erik gebeten, dich zu meinem Schutz abzustellen. Nur deshalb hat er dich am Leben gelassen. Ansonsten wärst du im Mondlicht verreckt. Du wärst verkümmert, verwelkt, hättest gelitten.«

Didi sah zu Kati. Sie hatte Teile dieser Geschichte gehört, aber das war neu für sie, wie anscheinend auch für Kati, die nachdenklich aussah.

»Gut«, sagte Kati. »Wenn du jetzt deine Sachen packst und mit uns mitkommst, dann ist von mir aus alles in Ordnung.«

»Ich habe bereits gesagt, was ich will. Ich will mein Leben mit Gasparo leben. Ihr versteht das vielleicht nicht, aber für mich reicht das als Freiheit.«

Didi begriff, dass keine der beiden Nymphen nachgeben würde. Es war an der Zeit, dass sie sich einmischte.

»Die Legende der Nymphe mit dem Knoten ist wahr«, erklärte Didi und wandte sich an Nadia. »Du hast gesehen, dass Matilda besondere Kräfte besitzt, auch wenn sie sie noch nicht anwenden kann. Wir beschützen sie. Kati hat um einen Platz im Konklave ersucht. Alle Nymphen vereinen ihre Kräfte.«

»Sei still!«, rief Nadia wieder mit schriller Stimme und stürzte zu Didi. »Ich war dumm, als ich dachte, dass die Legende uns retten würde. Nachdem wir dich gefunden hatten, ist alles den Bach runtergegangen. Es wäre besser gewesen, wenn wir nie von dir erfahren hätten. Geschweige denn von diesem Mädchen da!

Dann wäre uns Nymphen wenigstens die Hoffnung geblieben!« Nadia drehte sich auf dem Absatz um, stellte sich vor Matilda und zitterte vor Wut.

Matilda starrte sie verschreckt an und zog sich auf das Sofa zurück.

»Nadia, beruhige dich ...«, sagte Kati und stand auf. Sie lenkte Nadias Aufmerksamkeit, so dass Nadia nicht bemerkte, wie Selene lautlos hinter sie trat.

»Eigentlich wäre es für uns Nymphen besser, wenn es die Nymphe mit dem Knoten nicht gäbe«, sagte Nadia, als wäre der Gedanke der rationalste der Welt. »Lasst uns die Nymphe mit dem Knoten eliminieren, dann lassen uns alle in Ruhe. Ihr könnt gehen, wohin ihr wollt, und ich fange mit Gasparo ein neues Leben an, vielleicht auf einem anderen Kontinent. Ich tauche irgendwo in Asien unter, arbeite, ziehe mein Kind auf ...«

»Gasparo ist ein Satyr«, sagte Kati leise. »Du wirst ihm nicht ewig genügen. Was tust du, wenn er die ersten Anzeichen seines Satyrwesens zeigt?«

»Ich habe nichts außer meinem Sohn«, sagte Nadia und wirkte völlig ruhig. »Meinen und Jespers Sohn. Und man wird uns in Ruhe lassen, wenn ich das tue, was die Satyrn am liebsten tun.« Plötzlich blitzte etwas in Nadias Hand auf. Didi brauchte einen Moment, bis sie begriff, dass es ein schmaler Dolch war. In ihrem schwachen Zustand war sie zu langsam, um zu reagieren, als Nadia mit dem Dolch direkt auf Matilda zustürzte, die laut aufschrie, was Gasparo aufweckte, der sofort anfing zu weinen. Nadia zögerte kurz, und genau in diesem Moment nickte Kati Selene fast unmerklich zu. Sie hatte die ganze Zeit hinter Nadia gestanden und breitete jetzt ihre langen Arme aus wie ein Vogel seine Flügel. Dann war eine stählerne Stimme zu vernehmen, und gleichzeitig trafen die Strahlen der Morgensonne auf den glänzenden Faden, den Selene hielt. Sie drehte ihn in der Luft, bis er sich als schöne Schleife um Nadias Hals schlang. Selene zog den Faden, der einen starken Ton von sich gab, kräftig in verschiedene Richtungen. Nadia schien sich über den Ton zu wundern, sah sich mit großen Augen um, und für einen kurzen Moment sah Didi in ihnen die gewohnte Wärme, dann aber war ein Atmen zu hören, dass plötzlich abbrach. Nadias Blick war bereits gläsern. Ihr Körper fiel nach vorne, der Kopf rollte den Boden entlang, und die Blutlache wurde größer und größer. Didi schrie so laut, dass ihre eigene Stimme ihr Trommelfell platzen zu lassen schien.

Leseprobe aus dem nächsten Band

nymphs

Gefährliche Leidenschaft

1

Didi rannte. Steine und Zweige schlitzten ihre Füße auf, aber sie fühlte nichts. Der Schmerz in ihrem Inneren war von ganz anderer Qualität, ein Giftbecher, in den man Ekel, Wut, Trauer und Schmerz gegeben hatte. Nadias letzter, abgebrochener Atemzug hallte noch in ihren Ohren nach, Nadias letzter Blick vor ihrem Tod. Sie konnte nicht begreifen, dass Nadia tot war. Sie hatte sie gepflegt und ihr das Genießen des Nymphenlebens beigebracht. Sie hatte sie versorgt, sie so, wie sie war, akzeptiert und zugehört, wenn es nötig gewesen war. Zu dritt, sie, Nadia und Kati …

Der Gedanke, dass Kati hinter all dem stand, war wie ein Peitschenhieb. Didi keuchte, konnte aber nicht anhalten.

Warum? Kati war Nadias engste Freundin gewesen. Didi kannte ihre Geschichte, oder zumindest Teile davon. Sie hatten so viele Gefahren gemeinsam überwunden, und Nadia hatte alles getan, um Didi zu schützen, sowohl wegen ihrer persönlichen Überzeugung als auch aus Liebe zu Didi. Die Fähigkeit zu lieben war immer Nadias Stärke gewesen. Wie hatte Kati Nadia töten lassen können? Sie hätten sie sicher beruhigen und sich mit ihr einigen können. Aber Kati hatte der Sirene erlaubt, Nadia das Leben zu nehmen. Dazu hatte sie kein Recht. Das war Mord. Mord!

Und Nadia hatte ein kleines Kind. Didi wusste, wie es war, keine Mutter zu haben. Sie hatte das Gefühl, vor Trauer zu platzen. Und unter der Trauer kam ein schäbiges Schuldgefühl zum Vorschein. Sie selbst hatte auch Menschen das Leben genommen, guten Menschen, die ihr Leben noch vor sich gehabt hatten. Sie war ebenfalls nicht unschuldig. Didis Herz schlug nun auch vor Beklemmung, aber sie rannte weiter. Sie war auf einer vom Morgentau feuchten Wiese und sah einen kleinen Wald vor sich. Unterbewusst verstand sie, dass sie seinen Schutz, das Grün und die starke Nähe der Bäume brauchte, und rannte darauf zu. Erst dann begriff sie, dass ihr jemand folgte. Die Schritte des Verfolgers waren gleichmäßig und sicher, während sie selbst manchmal stolperte und ihr Atem stockend ging. Sie wusste, ohne sich umdrehen zu müssen, dass der Verfolger ihr näher kam. War es ein Satyr? Waren sie alle bereits aufgeflogen? Sie versuchte, schneller zu laufen. Wenn sie es nur bis zum Wäldchen schaffte, würde sie dort sicher ein Versteck finden oder zumindest den Verfolger leichter abschütteln können.

»Didi!«

Didi erhöhte das Tempo und rannte, so schnell sie konnte. Kati war die Letzte, die sie jetzt sehen wollte. Die Haselnusssträucher waren nur noch ein paar Meter entfernt, da wurde sie gewaltsam zu Boden geworfen. Kati ließ sich auf sie fallen und drückte Didis Arm zu Boden. Didis Gesicht lag auf dem nassen Gras, und der Duft der Waldblumen stieg ihr sanft in die Nase. Didi versuchte, sich zu beruhigen. Es nützte nichts, sich zu wehren und alle Kräfte aufzubrauchen. Kati war stärker und größer als sie. Dann ließ sie die Erinnerung an Nadias fallenden Körper wieder wütend werden. Sie spürte, wie sie glühte und Trauer und Zorn für einen Moment in ihr brannten. Kati schrie vor Schmerz auf und ließ von ihr ab.

»Verdammt nochmal«, murmelte sie und schüttelte sich, als hätte sie einen Stromschlag bekommen. »Du musst lernen, deine Gefühlsschwankungen unter Kontrolle zu halten!«

»Fass mich nicht an«, zischte Didi. »Du hast Nadia getötet!«

Kati hatte Didi angesehen, jetzt ließ sie den Kopf

hängen und sank etwas zusammen. Aber nur für einen Moment. Schnell setzte sie sich wieder auf und robbte neben Didi.

»Warum?« Didi hatte sich umgedreht, sich ein wenig aufgesetzt und umfasste nun mit beiden Armen die Beine. Plötzlich war ihr so kalt, dass sie das Gefühl hatte, zu Eis zu erstarren. Kati zog ihre Lederjacke aus, um sie ihr umzulegen, aber Didi schüttelte den Kopf. Sie wollte keinen Trost, schon gar nicht von Kati.

»Nadia hat uns schon vor langer Zeit in Gefahr gebracht, nämlich als sie anfing, diese Medizin zu entwickeln, die deine Symptome lindern sollte«, sagte Kati leise. »Danach ist sie noch weiter gegangen. Ich weiß, dass ihr Herz gebrochen war, aber sie hat sich von dieser Trauer einnehmen lassen, hat darin gebadet, bis sie so gefühllos war, dass sie einen wichtigen Teil von sich verloren hatte … Als ich hierhergekommen bin, habe ich ziemlich schnell gesehen, wie brenzlig die Situation war. Ich habe versucht einzugreifen, aber du weißt ja, dass Nadia ihre Meinung nicht mehr ändert, wenn sie einmal etwas beschlossen hat.«

Didi versuchte zu verstehen, was Kati sagte, hatte aber immer nur wieder die furchtbare Tat vor Augen. Sie hatten untereinander vereinbart, die Nymphe mit dem Knoten mit allen Mitteln zu beschützen, aber kein Ziel konnte diese Tat wert sein.

»Nadia hatte uns an mindestens einen Menschen verraten«, fuhr Kati kurz darauf fort. »An einen so einflussreichen Menschen, dass er zu einer wirklichen Bedrohung für uns geworden wäre. Und sie hat ihre medizinischen Tests fortgesetzt. Das war an sich schon gefährlich genug. Nachdem wir getrennte Wege gegangen sind, hat Nadia sich verändert. Jespers Tod …« Katis Stimme brach. Didi versuchte, all das Gehörte zu verdauen. Sie war noch durcheinander von dem, was in den vergangenen Tagen passiert war, und die vom Satyr verursachte Wunde ließ ihre Brust schwer werden. Tränen der Hoffnungslosigkeit und unsäglicher Trauer liefen ihr über die Wangen.

»Die Todesstrafe war trotzdem zu hart«, sagte sie weinend. »Du hattest kein Recht, eine solche Entscheidung zu treffen. Wir hätten eine Weile zusammen verbringen können. Nadia hätte zugehört …«

»Das hätte sie nicht.« Kati schüttelte jetzt den Kopf. »Sie hat dich beneidet, deine Fähigkeit, so stark fühlen zu können. Das nagte an ihr, machte sie krank. Sie suchte etwas, und dieser Mensch hat ihren wunden Punkt gespürt und sie ausgenutzt. Du hast gesehen, dass es die Nadia von früher fast nicht mehr gab. Hätte die Nadia von früher gedroht, dich oder Matilda zu töten? Bilde dir ja nicht ein, dass Nadia das nicht auch tatsächlich getan hätte. Ich habe schon öfter Einblick in ihren Wahnsinn erhalten, aber in dieser Nacht hat sie die Grenze überschritten. Ich konnte sie nicht weitermachen lassen.«

Didi schüttelte es vor Schluchzen, und die Trauer saugte sie auf wie ein Wirbel. Sie weinte um ihre tote Freundin und um sich. Erst hatte sie – auch wenn sie es nicht gewusst hatte – ihre leibliche Mutter verloren, dann ihre Pflegemutter und jetzt Nadia, die sie als ihre Nymphenmutter betrachtet hatte. Warum?

Kati sah in Richtung der Häuser, von denen aus Didi auf die Wiese gerannt war. Bald würden die Menschen aufwachen. Sie stand langsam auf und wischte die Grashalme von ihrer Kleidung ab. Im Nu sah sie wieder wie sie selbst aus, stark und bereit dazu, allem entgegenzutreten.

»Wir müssen gehen, sonst sieht man uns«, sagte Kati. »Wir müssen entscheiden, was wir als Nächstes tun. Du kannst es dir jetzt nicht leisten, dich diesen Gefühlen hinzugeben. Nadia hat genau das getan, und was hat es ihr genutzt?«

Didi traute ihren Ohren nicht. Katis Worte waren gefühllos. Aber sie musste dennoch zugeben, dass Kati recht hatte. Sie wusste nicht, was genau passiert war, aber sollte Nadia tatsächlich die Nymphen verraten haben, bedeutete dies, dass die Satyrn mit ihren Netzwerken zur Auskundschaftung bald von ihnen erfahren würden. Matilda musste in Sicherheit gebracht werden, ebenso der kleine Gasparo und alle anderen. Didi ließ sich nicht von Kati helfen, sondern stand alleine auf. Schnellen Schrittes gingen sie auf Nadias Haus zu und waren viel zu schnell da. Auf der Schwelle zögerte Didi. Sie war aus dem Haus geflohen, und ihre letzte Erinnerung war die an Nadia, die leblos auf dem Boden zusammengesunken war. Kalter Schweiß stieg in Didi auf, und ihr wurde schlecht. Sie ging kurz in die Hocke und wartete, bis sie sich ein wenig besser fühlte. Kati aber stieß die Tür ohne zu zögern auf.

Sie lässt sich nicht von ihren Gefühlen leiten, deshalb ist sie wohl auch so stark, dachte Didi ein wenig neidisch und richtete sich auf. Sie musste Kati nach innen folgen.

»Guten Morgen. Was für ein schöner Tag!« Die weiche, kindliche Stimme der Sirene ließ Didi erzittern. Selene war ein merkwürdiges Wesen: Kind und Ungeheuer auf einmal. Didi wusste nicht, in welcher Verbindung Kati und Selene standen, aber jetzt war keine Zeit, um Fragen zu stellen. Sie sah sich vorsichtig um. Nadia war nicht mehr im Wohnzimmer, und erst jetzt bemerkte Didi, dass Selene einen Wassereimer und einen vom Blut roten Lappen in der Hand hielt. Sie musste auf die andere Seite schauen, wo Gasparo ruhig auf Matildas Schoß vor sich hin brabbelte.

»Sind alle Männer so fordernd?«, fragte Matilda. Sie schien müde zu sein. »Ich kann ihn keine Sekunde vom Schoß nehmen, ohne dass er anfängt zu weinen.«

»Zumindest alle Satyrn sind so«, stellte Kati trocken fest, worauf Didi sie forschend ansah. Sie wusste, dass Kati wie ein Schachspieler war, der bei allem an viele Züge im Voraus dachte, und auch jetzt merkte sie an Katis Tonfall, dass sie verschiedene Möglichkeiten abwog.

»Ich kann den Jungen nehmen, er ist so prächtig und energisch«, bot Selene umgehend an.

»Nein«, sagte Didi und stellte sich dazwischen. Sie ertrug den Gedanken nicht, dass Gasparo in den Armen der Mörderin seiner Mutter landete. »Ich nehme ihn.«

Gasparo wirkte fröhlich und strich Didi durch die roten Haare. Didi lächelte trotz ihrer Trauer. Noch wusste das Kind nichts von seinem Verlust, und das war gut so.

»Wir müssen alle Spuren beseitigen«, sagte Kati gebieterisch. »Dann machen wir uns aus dem Staub. Wenn man uns jetzt kriegt, jagen die Satyrn alle geflohenen Nymphen und töten sie erbarmungslos. Sie müssen den Aufstand unterbinden und wollen alles, was zu der Legende führt, zerstören und jedem zeigen, dass es nur eine Gutenachtgeschichte ist, die sich die Nymphen gegenseitig erzählen.«

»Ich will nicht putzen«, wimmerte Matilda. »Ich will schlafen. Können wir die ganze Hütte hier nicht einfach abfackeln?«

»Das würde auch gar keine Aufmerksamkeit erregen«, stellte Kati fest, und ihr Blick ließ Matilda verstummen, auch wenn sie sich nicht rührte, um zu helfen. Selene aber war sofort dabei.

»Ich habe schon angefangen«, meinte sie fröhlich. »Ich putze gerne.«

Das untere Stockwerk wirkte tatsächlich so, als wäre dort jede Ecke gesäubert worden. In der Küche warteten die Müllsäcke darauf, entfernt zu werden.

»Nadia ist dort in dem großen Sack«, sagte Selene, deren kleine, scharfe, weiße Zähne beim Lächeln aufblitzten, als sie den fragenden Blick der Nymphen sah. Sie wirkte äußerst fröhlich.

»Zum Glück war sie nicht sehr schwer.«

Didi drehte sich mit dem Kind auf dem Schoß zu Kati um. Sie wartete darauf, dass Kati etwas sagen oder tun würde, diese aber hängte nur ihre Lederjacke an die Garderobe und war anscheinend bereit, Selenes Arbeit fortzuführen. Ohne Gasparo wäre Didi erneut in Wut ausgebrochen, aber die Nähe des Kindes zwang sie, ruhig zu sprechen und sich zu benehmen.

»Wie begräbt man eine Nymphe?«, fragte sie Kati.

»Was?«

»Nadia liebte Traditionen. Sie war unsere Freundin«, sagte Didi mit Nachdruck. »Wir müssen sie begraben, oder was auch immer Nymphen mit Verstorbenen machen. Nadia braucht eine letzte Ruhestätte. Wie hast du denn meine Mutter, deine Schwester Rose, begraben? Hast du sie in Müllsäcken irgendwo hingeschmissen? Bevor du mich jemandem zur Pflege gegeben hast? Eigentlich muss ich dir dankbar sein, dass du mich Elina gegeben hast und nicht selbst die Pflege übernommen hast.«

Zum ersten Mal sah es so aus, als wäre Kati verwirrt. Sie steckte die Hände tief in die Taschen ihrer Jeans und dachte nach. Vielleicht dachte sie an ihre schöne Schwester, die vor langer Zeit bei Didis Geburt gestorben war und für die sie alles getan hätte. Die Stille hielt nur einen Moment an.

»Gut«, sagte Kati dann. »Wir bestatten Nadia nach den Methoden der Nymphen. Sobald wir hier fertig sind.«

Die finnische Originalausgabe erschien 2014 unter dem Titel ›Nymfit. Astarten Solmu‹ bei Gummerus Publishers, Helsinki, Finnland

ISBN 978-3-7335-0064-1